地心冒險記

儒勒·凡爾納／著

Journey to the Center of the Earth

《地心冒險記》出版至今，已經一百五十幾年，精彩的故事仍然是充滿無比的新鮮感。也許住在地球上的我們，對於地底世界的好奇心是永無休止的吧？HBO電視頻道曾多次搬上銀幕，由布蘭登·費雪（神鬼傳奇男主角）主演，風靡全球觀眾。

作者與作品

●關於作者

《地心冒險記》的作者儒勒·凡爾納是於一八二八年二月八日，出生於法國西部的南特港，父親和祖父都是律師，母親爲富有船王的女兒。

可能是受了港口和母系遺傳的關係，凡爾納在少年時代就很渴望航海和冒險。就在十一歲的夏天那年，他私下搭乘了印度航線的船隻出海。結果被父親在中途的港口逮到。被父親嚴厲叱責的凡爾納，便和父親約法三章——「把這次旅行當成夢想之旅」。

●儒勒·凡爾納

父親希望凡爾納能傳承自己的事業，而要凡爾納研習法律，但是凡爾納的心從10幾歲開始，就被詩和戲劇所吸引。20歲時，爲了完成法律的課業，他來到了巴黎，一到巴黎就馬上直衝劇場，和《基督山恩仇記》與《三劍客》的大仲馬（一八〇二~一八七〇）

相識。兩年後取得律師執照，但這在此時，他宣佈不要再遵循父親的足跡，他要從事文學工作。而後，他爲了生活歷經了各種的職業，並開始著手寫喜劇和短歌劇。

另一方面，他又很勤奮地往返國立圖書館，渾然忘我的沉潛在科學書籍和旅行遊記。儒勒·凡爾納生存的年代爲十九世紀，這是個自然科學和工業技術復甦，快速發展的時代。這也是個歐洲各國開始關心非洲和亞洲各地，以及探險旅行盛行的年代。對未知的知識渴望程度勝於他人的儒勒·凡爾納，對當時的最新科學技術和地理學充滿渴望也是理所當然的。

廿八歲時，和有兩個孩子的歐里諾夫人結婚，爲了養家，他一邊在證券交易所工作，一邊繼續創作，但他的作品尚未受到特別矚目。

當凡爾納以「冒險科學小說」踏出其新形態創作活動時，和著名的攝影家Nadar（一八二〇～一九一〇年）相見。畫家兼小說家、旅行家的Nadar提到了建造空中攝影用的巨大汽球〈巨人號〉的計畫。此計畫刺激了凡爾納的想像力，於是完成了乘坐飛船橫越非洲大陸，發現了尼羅河的故事，而Dumas也介紹有名的出版商耶傑魯和凡爾納認識，進而以「飛船五週記」的題目來發表，且很快就廣獲好評。

洞悉凡爾納具有巧妙結合科學和文學才能的出版家耶傑魯，和他簽了每年出兩本書的合約。這時爲一八六二年，凡爾納三十四歲。

托耶傑魯簽約之福，凡爾納得以專心從事寫作，進而以驚人的精力，一部接一部地發表。他的作品最早是先被連載在耶傑魯創刊的雜誌《教育和娛樂》上，而後再以「驚奇之旅」系列來發行單行本，其主要作品如下：

- 飛船五週記（一八六三年）
- 地心冒險記（一八六四年）
- 從地球飛向月球（一八六五年）
- 海底二萬里（一八六九年）
- 環遊世界80天（一八七三年）
- 神秘島（一八七四年）
- 十五歲船長（一八七八年）
- 魯賓遜學校（一八八二年）
- 十五少年漂流記（原名「兩年的休假」）（一八八八年）
- 惡魔的發明（原名「朝向國旗」一八九六年）等。

這些作品很快地被翻譯各國文字，並在各國出版，凡爾納之名也就此揚名國際！

四十、五十幾歲的凡爾納，已確立了其作家的地位，這時他買了一艘遊艇當作工作間，且偶爾和家人、朋友一起出海，每天都過得充實愉快。

一八七二年他移居至妻子的故鄉Amiens市，並以市參事會員參與市政，還被選爲文藝學會會員。

一八八六年58歲時，發生了被疼愛的外甥以手槍擊中的謎樣事件，造成了一隻腳的不方便，從此凡爾納就閉居家中，但創作活動仍未減少。

一九〇五年三月二十四日，凡爾納結束了其七十七歲的一生。但，他的作品在死後仍持續被發表，而「驚奇之旅」系列的最後一本《砂漠秘密都市》被發行時，已是他死後的十四年的一九一九年的事了。

凡爾納的作品光是小說就約八十部，如果再加上戲劇就超過一百部了。

●關於作品

《地心冒險記》是一八六四年凡爾納36歲所發表的。結合了神秘、探險之旅的緊張和豐富的科學知識的傑作，可說是他的最得意的作品之一。

由於凡爾納宛如魔術師般的天才文筆，而能讓讀者被地下的幻想世界所吸引。不過他的幻想世界並沒有超自然玄妙的事物登場。而「所謂的自然驚異，就是即使是再不可思議的現象，也能以物理的理論來說明！」這也就是凡爾納所堅持的信念。

就如力汀布拉克博士曾說的：「所謂的科學，其成立的論點都不同，也由於論點的不同，才能一點一

●地心冒險記英文版

點地更接近眞理！」這也表明了凡爾納對人類理性的深信不移。

儒勒・凡爾納眞不愧爲是誕生在〈科學世紀〉的十九世紀作家。

由唐吉訶德型不切實際的科學家轉變而來的力汀布拉克教授、《海底二萬里》的尼摩船長和《環遊世界80天》的菲力安斯・弗克，都是凡爾納所創造的具魅力的主人翁。另外，淘金師沃爾奈也是佛恩創造的人物，沃爾奈這個人物的雛型是來自於眞實的18世紀冰島學者沃爾尼。《地心冒險記》出版至今，經過了一百五十幾年，仍然是充滿無限的新鮮感，也許住在地球上的我們，對地心世界充滿神秘的好奇心是永無休止的吧！

目錄

第一章・李登布洛克叔叔

一八六三年五月二十四日，正逢星期天。我叔叔李登布洛克教授突然急急忙忙地跑回到科尼斯大街十九號的家，這是座落在漢堡一條最古老的大街上的住房。我們家的女佣瑪爾莎，心裡一定會想她飯做遲了，因爲飯菜在鍋裡才剛滋滋作響。

「沒問題，」我自言自語：「要是叔叔覺得餓了，準會大聲嚷嚷的，他一向都是個最耐不住性子的人。」

「可是，李登布洛克教授已到家了。」可憐的瑪爾莎把飯廳的門掀開一條縫，驚慌失措地喊道。

「沒錯，瑪爾莎，可不用擔心午飯沒燒好，現在還不到兩點，聖密切教堂一點半的鐘才敲過呢！」

「那麼李登布洛克教授，今天怎麼這麼早就回來了？」

「也許他自己會告訴我們原因的。」

「他來啦，我得走開了，阿克賽先生，你替我向他解釋一下吧！」

瑪爾莎跑回她的廚房繼續做飯去了。

只剩下我一個人。我轉念一想，向一位壞脾氣的老教授解釋東、解釋西，這種事決不是我這種性子馬虎的人能勝任的。我還是老老實實回我的小閣樓去吧。就在這時，外面的大門吱嘎響了一下被推開了。接著便是沉重的腳步踏在樓梯上的聲音。這屋子的主人像一陣風似的穿過了飯廳，直衝進他的工作室。

他一路走，隨手將他的圓頭手杖丟到屋角；將禮帽扔到桌上，跟著便對著侄子──我，下達了命令：

「阿克賽，馬上跟我來！」

我還來不及反應，教授就又心急火燎地衝我大叫：

「怎麼？你還不快點過來？」

我這就衝進了我這位「嚴師」的工作室。

我得承認李登布洛克並不壞。可是除非世界上發生什麼奇跡，不然他一輩子都是個古怪到無可救藥的傢伙。

他是約漢奈姆學院的教授，執教礦物學。講課的時候，他總要發一兩次脾氣。他從來不關心他的學生們是否按時來上課，是否專心聽課，學習上是否取得成效，這些都跟他毫不相干。用一位德國哲學家的話來說：他是憑「主觀」來講課的，也就是說他的課是專爲他自己而不是爲別人講的。他是一個自私的學者。一般情況下學者通常被比喻爲科學的源泉，然而你卻指望會從他身上打到什麼甘泉。一句話，他是個吝嗇鬼。像他這樣的教授在德國倒也有幾個。

糟糕的是，我這位叔叔說話不太靈光。他在公開場合跟人閒談並不比在家中好到哪裡去。一個專門要講課的人有此一缺點，眞令人惋惜。確實，在學院講課時，這位教授常常忽然打住，同一個倔頭倔腦的名詞作鬥爭，而這個怪詞兒自我膨脹，終於以一種不太科學的罵人粗話的形式脫口而出。然後就是教授的一陣火冒三丈。

如今在礦物學裡有不少半希臘文、半拉丁文的古怪術語，它們讀起來非常饒舌。連詩人念起來也要磨掉好幾層嘴皮。我這樣說並非是在反對這門科學——甚至完全沒這個意思。

可是，事實上就是最最靈巧的舌頭碰到什麼「菱形六面結晶體」、「松香瀝青化石」、「得蘭利特」、「番加希特」、「輝鉬礦」、「錳鎢酸鹽」、「鋯鈦酸鹽」也會轉不過彎來的。

我叔叔這個無藥可救卻可以原諒的毛病，在他所在的城市裡是衆所周知的。實在很不公平，他們常常以此爲笑柄。有些學生甚至一俟他又對著某種名詞乾瞪眼時，便取笑他。而且教授愈是急得大發脾氣，他們便愈是笑得厲害。這種事在德國也並不能算很得體。所以與其說聽李登布洛克教授講課的人不少，倒不如說大多數人是專門來欣賞和取笑教授失態時的滑稽相啦。

前面已說過，當然不能老是說個不停，儘管如此，我還是要強調我這位叔叔絕對是個眞正的學者。他兼具地質學家的天資和礦物學家的敏銳洞察力，雖然他有時動作粗魯而搞壞了一些標本。他使用起錘子、鑽子、磁石、吹管和鹽酸瓶子來時，可內行得很，他可以只憑某一種礦石的裂痕、外表、硬度、可溶性、敲擊響聲、臭氣和味道而斷定它是現代科學已知的六百種礦物中的哪一種。

因此，李登布洛克教授的名字在所有國家的科學研究學會裡均頗具威望。亨夫萊·大衛教授、漢姆伯特教授、佛蘭克林上尉船長和薩賓特將軍路過漢堡時總去拜訪他，一次不漏。還有貝克雷教授、坎貝曼教授、布魯斯教授、杜馬斯教授、米爾納·埃格奧教授等，遇到化學方面的最疑難的問題，總是向他討教。

在這門科學上李登布洛克教授有不少新發明，一八五三年他在萊比錫發表了《超越結晶體學通論》，這是一部附銅版插圖的巨著，但因其製作成本太高而遭失敗。

此外，我還要聲明一下，就是我叔叔曾當過由俄國大使斯特魯維先生創建的礦石博物館的主任，那裡的珍貴收藏聞名全歐洲。

這樣大名鼎鼎的大人物就是剛剛急躁地向我下達命令的人。你們可以想像得到他是一個又高又瘦的男人，身體很棒，外表看來要比他五十歲的眞實年齡至少年輕十歲。他那雙藏在大眼鏡後面的眼睛令人捉摸不定。長而尖的鼻子簡直像一把尖刀。用調皮鬼學生的話來說，那是一塊磁石，可以吸起鐵屑。這都是開玩笑，不過它倒是可以吸鼻煙，而且菸癮不小，這是實話。

還要補充說明的是，我叔叔每邁一步足足有一英尺那麼遠，而且走路時常常緊握雙拳，彷彿一鬆手他的火爆脾氣隨時會爆發出來。從這一點你就足以明白爲什麼人們有點怕接近他了。

他住在他在科尼斯大街的小住宅裡，房子半磚半木，著鋸齒形的圍牆，旁邊有一條彎彎曲曲的運河蜿蜒過漢堡的中心地區，那地區在一八四二年的火災中倖免於難。

這所老屋確實有點歪斜，而且向外凸出；屋頂也倒向一邊，像是愛國同盟（十九世紀德國學生組織的政治團體）的學生歪戴在耳朵上的便帽；它的垂直線似乎也不太協調；但是整座屋子還算牢固，這要感謝屋前長著的那株根深葉茂的老榆樹，一到春天就把它新長出的枝條貼到窗玻璃上，支撐著房屋。

我叔叔在德國教授中算是過得還不錯的。這整幢房子都是他私有的財產，還有他的家屬，包括他十七歲的教女葛拉蓓，一個維爾蘭少女（Verran是挪威的一個自治區，位於北特倫德拉格郡），我們的女僕瑪爾莎，和我。我從小沒有父母，再加上我是教授的親侄子，自然而然也便成爲他的實驗助手。

我承認我對地質學這門科學很有興趣，大概是我身上流著礦物學家的血液吧，玩起我的寶貝石頭從來就沒有膩的時候。

總的來講，住在科尼斯大街的這處小住所裡，我過得還比較快活。儘管這屋主的脾氣是如何暴燥，他還是很愛我的，他只是天生急性子，而且不合情理而已。比如四月間，他在瓦盆裡種了些木犀草和牽牛花，爲了讓花木長得快些，他居然每天早晨都去「拔葉助長」呢！

因而，對於這樣一位天性急躁而又古怪的人，我還是服從命令爲妙，於是我只有趕快跑進他的工作室裡去了。

第二章・神秘的羊皮紙

叔叔的工作室簡直就是個標準的博物館，所有的礦石標本在那裡都能找到，它們被整齊地貼上了標籤，分作可燃性、金屬性和岩石性三種。

我對這些礦物界的玩意是多麼熟悉啊！有多少次我寧可放棄跟我那些同齡小孩子玩耍，而去欣賞把玩那些石墨、石岸、黑煤、木煤和土煤，那些絕不能沾上一點灰塵的土瀝青、松香、有機鹽類，還有那些金屬礦石，從最低等的鐵到最昂貴的黃金，它們在科學標本的平等性面前都失去了相對價價。那一大堆岩石，多得不但足以再蓋一幢我們這樣的房子，還能再多加一間對我來講再適合不過的大房間了！

可是，現在當我走進叔叔這間工作室時，我的心卻不再那些寶貝岩石上面了。我的全部注意力都放在叔叔身上。他正坐在那把烏特列絨的大靠背椅上，著迷似地在研究他手裡的一本書。

「好一本書！」他正讚嘆著。

在我看來，教授即使在他的休假日裡也像個書痴。不過，在他眼裡，只有罕見或者舊得難以辯認的書，才是有價值的。

「怎麼樣，」他說，「你看不出來它是什麼嗎？它是件無價之寶。我今天早上在猶太人海衛劉斯的書攤上找到它的。」

「眞棒！」我強顏歡笑，迎合著他。

老實講，鬼才會爲這樣一本破書大驚小怪呢！只見它的封面是用粗牛皮製作的，垂著一張褪色的書籤。

可是，教授居然還在又驚又喜地爲這本書喋喋不休。

「看！」他說，好像在自問自道，「它漂不漂亮？是啊，簡直棒透了！你看看這裝幀！翻書方便嘛？方便！你可以輕易翻到任何一頁。合起來嚴實嘛？嚴實啊！它的封皮同裡頁合得那麼緊，任何一頁都不會自動張開。而且它的書背在經歷了七百年之久，居然沒一點裂痕！這樣一本書，它的裝幀連伯吉烈、克洛斯或者蒲爾各（以上三人皆是當年著名的裝幀家）也會讚嘆不已的！

叔叔一邊說，雙手一邊還在不停地把書打開又合上，合上又打開。我覺得至少得問問他關於這本書的內容，雖然我對這本破書絲毫提不起一點興致。

「這本精彩有趣的書是關於什麼的？」我假裝饒有興趣的樣子。

「這本書嗎？」叔叔更加興奮了，「這是斯諾爾．圖勒森的《王紀》（Heims Kringla），他是十二世紀著名的冰島作家，這是統治冰島的挪威諸王的編年史。」

「眞的嗎？」我裝得很熱心，「我猜這是譯本。」

「見鬼！」教授激昂地反駁，「我要譯本幹什麼？這是冰島文的原著，冰島文是豐富又簡單的美妙語言，它具有千變萬化的文法構造和豐富的詞彙含義。」

「就像德文，」我附和，一副很「高興」的樣子。

「是的，」叔叔聳聳肩膀，「但確實有點區別，冰島文類似希臘文，有三種詞性，又像拉丁文，名詞可以千變萬化。」

「哇！」我驚嘆，眞有點感興趣了，「這本書的字體是不是很漂亮？」

「字體？你在說什麼呀，你這個傻孩子？字體當然好啊！啊！你一定以爲這是印刷本吧？這是一本手抄本，盧尼文字的手抄本！」

「盧尼文字？」

「是，我猜你大概要我跟你解釋這個詞的意思吧？」

「當然不用！」我的自尊心有些受不了。

可叔叔並不在意，自說自話地開始給我解釋。

「盧尼文字，」他說，「就是古代北歐使用過的一種文字，傳說是天神奥丁創造的。過來看，小傻瓜，欣賞欣賞這從天神腦子裡創造出來的文字吧！」

我已經佩服得五體投地無言以答了。正想對書頂禮膜拜——對天神，就像對皇帝，頂禮膜拜一定能取悅他們，因爲如此大禮，只有他們才消受得起——可是就在此時，我們不由得都住了嘴。因爲有一張骯髒的羊皮紙從書裡滑落了下來，飄到地上。

我叔叔立即撿起這個玩意兒。他急切是可以理解的，一份古老文件藏在一本古書裡不知過了多少年代，在他看來當然是無價之寶。

「這是什麼？」他嚷道。

一邊在桌上不小心地攤開那張羊皮紙。紙長五英寸，寬三英寸，上面橫行排列著一些難懂的字體。

我在這兒將描摹下來的原文介紹給你，我之所以記下這些稀奇古怪的符號，因爲就是這些符號使得李登布洛克教授和他的侄子，去做了一次十九世紀最最離奇的旅行。

教授對著這幾行符號研究了半天，然後把他的眼鏡推到額頭上，說了一聲：

「這是眞正的盧尼文，同斯諾爾·圖勒森手抄本上的完全相同，可是這些符號是什麼意思呢？」

從剛見到盧尼文那刻起，我就認識那是一些學者造出來故意作難的，所以當我發覺叔叔也看不懂時，倒有點幸災樂禍。可是不久我便看到他的手指頭開始發抖，而且愈來愈厲害。

「這應該是古代北歐文字啊！」他咬牙切齒地自言自語道。

李登布洛克教授應該認得這些古怪的符號，因爲他通曉各國語言。也這他還不並能流利地運用地球上兩千種語言和四千種方言，但他至少熟悉其中絕大部分。

面對這樣的情況，像教授這樣急性子的人，自然準備要大發一通脾氣。我也正準備著看一場好戲，就在這時壁爐上的小座鐘敲了兩下。

接著房門被推開了，瑪爾莎伸進頭來通知：「湯做好了。」

「該死的湯！」叔叔暴躁地叫，「做湯的和喝湯的，都給我滾開！」

瑪爾莎知趣地跑開了，我跟在她後面，糊裡糊塗地就發覺自己已坐在飯廳裡的椅子上了。我等了一會兒，教授居然沒有來，這倒是我第一次看到。今天的飯菜眞是豐盛，歐芹湯、火腿溜黃菜和五香蓽蓖，還有酸梅滷燒小牛肉，甜點是糖腌鮮蝦，此外還有上等的葡萄酒。

爲了一張莫名其妙的舊紙頭，我叔叔連這樣豐盛的美味也不肯享受了。作爲他忠心的侄子，我倒認爲我有責任替他吃，而且吃得要像爲我自己吃一樣痛快，我眞的這樣做了。

「我從來沒見過這樣的事實！」瑪爾莎嘟噥，「李登布洛克教授居然不來吃飯！」

「眞難以令人置信。」

「這說明會有重大事件發生！」這個老佣人又搖著頭說。

然而在我看來，除了叔叔在發現他的午飯被我吃光後會大發雷霆之外，並不會發生什麼事。我剛吃完最後一隻蝦，教授的大嗓門就使我不得不趕緊收棄那盆美味的甜點，然後一跳就從飯廳到了他的工作室。

第三章、叔叔也迷惑了

「這明顯是盧尼文，」教授皺著眉頭說，「可我必須得破譯一個秘密，除非……

「坐下來，」他接著說，用拳頭指頭桌子，「準備好寫。」

我很快便準備好了。

「現在，我要念出相當於這些冰島字的每個字母，由你記下來，我們便會看出這些盧尼文到底是什麼意思。但是，首先你必須以聖．密謝的名義，保證小心不出錯。」

聽寫開始了，我盡了我最大的努力。在我的筆下，一個接一個地被念出來的字母，成了下面的這些古怪不可理解的文字：

mm.rnlls	esreuel	seecJde
sgtssmf	unteief	niedrke
kt,samn	atrateS	saodrrn
emtnaeI	nuaect	rrilSa
Atvaar	.nscrc	ieaabs

ccdrmi　eeutul　frantu
dt,iac　oseibo　KediiY

當聽寫完後，叔叔便一下子抓過我抄好的這張紙，仔細地研究了好久。

「這到底是什麼意思？」他機械性地重覆著這句話。

老實講我也沒法回答他，而且他也不是在問我，他就這麼沒完沒了地自說自話。

「這就是所謂的密碼，」他說，「這些看來是故意被弄亂的字母中，一定隱藏著某種意思，如果我們將它們排列適當，就可以排成可以懂的話。想想看，也許這些話會牽扯到某種偉大的發現呢！」

然而，在我看來這裡面什麼意義也沒有。但我什麼也沒有說。

教授拿起那本書和那張羊皮紙，將兩者加以比較，「它們不是出於同一作者之手，」他說，「這羊皮紙的年代是在這本書之後。而且我還發現一個不容忽視的線索。這些密碼的頭一個字母是一個雙「m」，這是在圖勒森圖書上找不到的，因爲這個新字母是在十四世紀才加進冰島文字裡去，因此，在這手抄本和這羊皮紙之間，至少有兩百年時間間隔。」

我承認，這是個合乎邏輯的結論。

「因此，我聯想到，」叔叔繼續說，「這一定是這本書的舊主人之一寫下了這些神秘的字母，但這位人物是誰呢？他不會把他的名字留在這手抄本的某一個地方麼？」

叔叔扶了扶眼鏡，拿起一個度數很大的放大鏡，仔細地觀察這本書的頭幾頁。在第二頁背面，也就是有副標題的那一頁，他注意到了一些看起來好像是一塊墨水痕跡的污點。然而，細看之下，仍可以看出一些大半被擦去的字母。叔叔意識到這是個非常值得研究的線索。在那副放大鏡的幫忙之下，他認出了這些有著盧尼文特徵的字母，便毫不遲疑地念出來——

「阿恩．薩克努尙！」他用勝利者的口氣喊道：「這是一個名字，而且還是個冰島人的名字！這個人是十六世紀的一位學者，一位著名的煉金術士。」

我帶著敬佩的心情望著我的叔叔。

「那些煉金術士們，」他繼續說，「阿維森那、培根、盧梭、巴拉克魯斯，都是些眞正的學者，實際上是他們那個時代僅有的學者。他們都曾有過極其驚人的發現。這個薩克努尙爲何不會把他的某種重大發明隱藏在這些讓人讀不透的密碼中呢？肯定有這麼一回事。就是這麼一回事。」

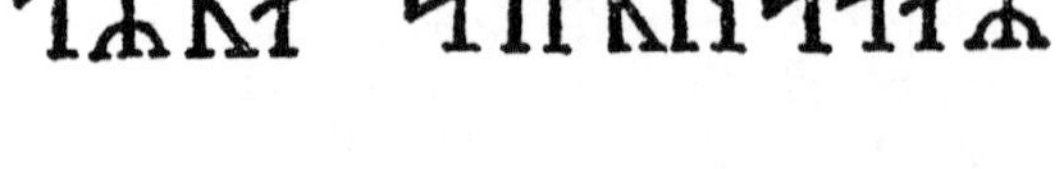

教授的想像力被這個假設激發起來了。

「毫無疑問。」我鼓起勇氣回答：「但是，這位學者又爲什麼要把某種奇妙的發現通過這種方式隱藏起來呢？」

「到底爲什麼？我怎麼知道？伽利略不也是這樣將他發現土星的秘密隱藏起來嗎？無論如何，我們總會知道的，我決定要揭開這個文件的秘密，即使不吃不睡也要揭開這個秘密。」

「天哪！」我心想。

「你也要這樣，阿克塞。」他補充了一句。

「老天！」我在心裡嘀咕，「幸虧剛剛午餐吃了兩人份！」

「首先，」叔叔說，「我們必須找到解開這個密碼的關鍵！這應該不太困難。」

聽到這話，我迅速抬起頭來。叔叔繼續自言自語：「沒有比這更容易的事了，在這些文件中有一百三十二個字母，其中有七十九個子音和五十三個母音。這近似南歐文字中的一般比例，要是北歐文字，輔音就更豐富了。所以這個文件中的文字，應該是一種南歐語言。」

這個結論很有道理。

「但它到底是什麼語言呢？」

我等著看叔叔表現他的博學，可是他卻表現得像個分析專家。

「這個薩克努尙，」他繼續說，「是個很有學問的人，所以在不用母語書寫時，他會用十六世紀受過教育的人通用的語言，我猜可能是拉丁文。如果我猜錯了，我還可以試試西班牙文、法文、意大利文、希臘文和希伯來文。可是，十六世紀的學者一般都用拉丁文書寫。我敢提前咬定這是拉丁文！」

我猛跳起來，這些怪里怪氣的文字，決不可能屬於我印象中古羅馬詩人維吉爾的美妙拉丁文語言。

「是的，是拉丁文！」叔叔繼續說，「它是打亂了的拉丁文。」

「好吧，」我心想道：「我親愛的老叔，若你能把它弄得不像打亂了的樣子，你就是個聰明人了。」

「讓我們好好來研究一下。」他說，拾起那張我寫過的紙，「這裡有一百三十二個被打亂的字母，有些字其中只有子音。像第一個詞：mm.rnlls；其他還有相反的，有一些詞中母音特別多，像第五個詞：unteief，或倒數第二個：oseibo，這些排列顯然不是故意人爲的：而是根據一種我們所不知道的規律，用數學方式排列形成的。在我看來，顯而易見這些句子原先是按照一種正確的秩序寫下來的，然後再根據一種我們尙未發現的規律重新排過。誰能發現解開這個密碼的鑰匙，誰就可以將這些文字順利地讀出來。但是鑰匙在哪兒呢？阿克塞，你能找到嗎？」

對於這個問題，我無言以答。我有自己的想法。此刻我的目光已停留在牆扇幅美妙至極的畫上，那是葛拉蓓的畫像，這個叔叔的學生此刻正在阿爾杜納，她的一個親戚那裡，她不在這兒，這令我十分難過。因爲，現在我可以招供：這個漂亮的維爾蘭女孩正同教授的這個侄子相愛，愛得就像德國人的性格那樣的持久和平靜。我們已經訂了婚，叔叔當然是不知道的，他太專注於他的地質學，以致於忽略了我們的感情。葛拉蓓是個有著藍眼睛棕色頭髮的可愛女孩，氣質端莊、性格保守，她非常愛我，而我，則簡直是崇拜她，我的這個維爾蘭女孩的倩影，此刻已將我從現實世界，帶到如夢似幻的世界中去了。

我回憶著這個我工作的同事和玩伴。每天，她都幫助我整理叔叔的那些寶貝石頭，她和我一起貼標籤，葛拉蓓簡直就是一位了不起的礦物學家，在某些方面，她甚至可以給一些學者當老師。她還愛好鑽研一些科學上的疑難問題，我們在一起學習時是怎樣一段快樂的時光！我常常會妒忌那些被她可愛的玉指撫摸過的無知的石頭。

在休息的時間中，我們常常一起走出去，漫步在阿爾塞的林蔭道上，一起走過那古老的在湖水中顯得美麗的黑磨坊。一路上我們談笑風生，手牽著手，我還會給她講些好笑的故事。最後，我們走到易北河畔，對著在巨大的白蓮中徘徊的天鵝說聲晚安後，就一起坐汽船回去。

我正做著白日夢時，叔叔用他的拳頭在桌上一擊，就將我帶回了現實世界。

「看著這兒，」他說，「爲了將字母打亂，我認爲第一個主意就是把這些本行的字

從上往下寫。」

「不會又要指使我幹什麼吧！」我想。

「現在讓我們看看那樣的結果如何。阿克賽，在這張紙上寫下你頭腦中出現的任意一句話，只是不要一個字母一個字母地連著寫，而是依次從上往下寫，寫成五、六行。」

我明白了他要我做什麼以後，我馬上寫下了下面一些字母——

r ä u b e n
i t t I e G
Y d e a r I
m u c h , m
o u v e r Y
I I o v e Y

「很好！」教授看也不看就說道，「現在，把這些字母寫成一橫行。」

我照辦了，就得到如此的結果——

Iomyir luudtä ovcetu vehalb er,ree yymlGn.

「好極！」叔叔說，一邊從我手裡奪過了紙。「這看起來眞像那個古老的文件，這些子音和母音都排成一樣的混亂形式，字的中間有大寫字母，標點也有，簡直就跟薩克努尙的羊皮紙一模一樣！」

我情不自禁承認他的話很有道理。

「現在，」叔叔繼續說道，眼睛直看著我，「我要念出你所寫的話，至於你寫了什麼，我事先並不知道。我只要將每個詞的第一個字母連起來，再連第二個字母，就如此下去。」叔叔念出來時，他大大的驚異，我也吃驚不小。

「我好愛你，我親愛的小葛拉蓓。」

「什麼話？」教授問。

是的，我自己也不知我做了什麼，我這個被「愛情之火」燒得糊裡糊塗的年輕人，居然寫下了這句洩露心事的話。

「啊！你愛上了葛拉蓓？」叔叔嚴厲地說。

「是的。噢，不！」我語無倫次。

「你愛上了葛拉蓓，」他機械地重覆著，「好吧，現在將我的這套辦法用到有關文件上去吧！」叔叔的注意力又回到他心愛的實驗上去了，早已忘了我剛才魯莽的話。我之所以說是「魯莽的話」，是因爲學者的頭腦不可能理解有關感情方面的事。可是很幸運，這份文件的重要性已贏得了勝利。

在作一個重大的試驗時，李登布洛教授的眼睛就會透過眼鏡的玻璃片發出光來。拾起那古老的羊皮紙時，他的手指在不斷發抖。他太激動了。最後他重重地咳了一聲，就用嚴肅的口氣，一個字一個字地念，讓我記下了下列的字：

mmessunkaSenrA.icefdoK.segnittamurtn
ecertserrette,rotaivsadua,ednecsedsadne
lacartniiluJsiratracSarbmutabiledmek
meretarcsilucoYsleffenSnI

我必須承認，當我寫完最後一個字時，卻感到非常興奮，這些字母，雖然一個個排下去在我看來毫無意義，但我還是等著從教授嘴裡說出一句漂亮的拉丁文。

結果，我大大地失望了。

他一拳下來，震得桌子搖搖晃光，墨水濺了出來，筆也震飛出我的手。

「不是這個！」叔叔大叫，「這毫無意義！」

然後，他像一顆子彈似地飛出書房，雪崩似地衝下樓梯，快得只有他的腿能跟上他，他一直衝到科尼斯大街，很快消失在街的盡頭。

第四章、我找到了鑰匙

「他走了嗎？」瑪爾莎跑出廚房來喊道，外面大門用力關上時發出的響聲令整座房子都震動了。

「是的，」我回答，「的的確確走了。」

「我從來沒有碰到這種事，他的午餐怎麼辦？」這個老佣人問道。

「他不會來吃了。」

「晚餐呢？」

「也不會吃了。」

「什麼？」瑪爾莎緊絞著雙手嚷道。

「不吃了，瑪爾莎，他再也不會吃飯了，家裡其他人也一樣。李登布洛克叔叔要去解開一個絕不可能解開的古老謎語，在這之前我們都要挨餓了。」

「天哪！你的意思是說，我們都要餓死了？」

「我不敢肯定，碰上像叔叔那樣固執的人，這似乎是我們無可擺脫的命運。」

這個老佣人真的恐慌起來了，她嘆著氣回到她的廚房去了。

我一個人留下來時，我忽然有種想去找葛拉蓓，並告訴她有關這整件事的衝動，但是我又如何能離開這幢房子呢？叔叔隨時可能回來。要是他叫我，而我不在怎麼辦？要是他想繼續去解這個連俄底浦斯（古代著名的解謎人，曾解開過斯芬克斯之謎）也解答不了的字謎，而又找不到我會怎麼樣？

所以，還是留下來爲好。此時正好有一位貝桑拉地方的礦物學家，送給我們的一些他搜集的石英含晶石需要分類。我就開始工作，將它們一一分類，貼上標籤，再將這些空心的石頭放入小玻璃匣裡。

然而，這件工作並不能激發我的興趣，那份奇怪的古老文件始終吸引著我。我的思維一片混亂，隱隱約約有種預感，似乎有一件什麼「大事」要發生。

一個小時後，那些含晶石都被整理完畢擱置了起來。然後我跌入那個烏特列絨的大靠椅中，頭向後仰著，兩臂垂了下來。我點燃了我那隻長而彎的菸斗，上面雕著一個斜躺著的仙女，我看著那仙女漸漸被煙熏成黑人以消遣著時間。我的兩耳卻時時在捕捉著是否有人上樓來。然而，什麼都沒有聽見。此刻叔叔會在哪兒呢？我想像他在阿爾杜納大道上頂呱呱的樹蔭下跑道，發瘋似地用手杖擊著牆，敲打著野草，將它們攔腰打斷，擾亂了正在棲息的天鵝的好夢。

他會凱旋而歸，還是失意而回？他和那個秘密之間的鬥爭是誰占上了風呢？我捫心自問，無意中又拿起那張紙，上面排列著我寫下來的不可理解的字母，我反反覆覆地喃喃自問：

「這是什麼意思呢？」

我嘗試著將這些字母拼成一個個單詞。沒有成功，我又試著將它們兩個、三個、五個、六個地組合在一起，結果仍是毫無意義，但其中第十四、十五和十六個字母組成了英文的ice（冰），而第八十四個、八十五個和八十六個字母又組成了英文的sir（先生）。在文件當中的第二、三行間，又有著拉丁文的rota（輪）、mutabile（能改變的）、ira（怒氣）、nec（不）和atra（殘忍）。

「媽的！」我想，「最後幾個字似乎證明了叔叔關於這文字的假設是對的，在第四行我又看到了一個拉丁文luco，這個字的意思是「神聖的森林」，第三行又明顯可以找到一個看起來像是希伯來文的字tabiled，可是最後一行有mer（海）arc（弓）、mère（母親）幾個字，那是法文！

這一切足以把人逼瘋了，四種不同的語言如何拼成一個句子？這些「冰、先生、怒氣、殘忍、神聖森林、能改變的、母親、弓和海」放在一起能成什麼意思？頭一個和最後一個放在一起還算好，冰島文中有「冰海」這樣的話還不足為奇。可是要弄懂其它幾個字就是討厭的另一回事了。

我與這些沒法解答的問題糾纏不清時，我的頭腦發熱，眼睛冒火，這一百三十二個字母好像在我面前跳躍，彷彿空氣中閃耀著的銀珠，使我的血都湧上了頭。

我陷入一種窒息狀態，我喘不過氣來，我需要空氣。我不自覺地抓起這張紙來當扇子扇。紙的正反兩面都顯現在我眼前。

在這急促的動作中，當紙的反面轉到我前面時，我驚異地發現了一些完全可以辨認的字，一些拉丁文如craterem（火山口）和terrestre（地球）。

我看到了一線光明，這些指示足以讓我找到真實的答案，我已發現解開這密碼的鑰匙了，這無需從頭到尾地念，只要像教授一樣，就可以念懂它。教授天才的假設實現了，他將字母正確地排列了出來，只需要再加一點「東西」就可以念出這句拉丁文，這點「東西」讓我無意中得到了。

你可以想像我是多麼激動，我的眼睛模糊了，以致於看不清東西。我將紙攤在桌子上，現在我只需一看就可以解開這個秘密了。

我沒法令自己安靜下來，我迫使自己在房間裡走上兩圈來平定我的緊張情緒，再坐回那張大靠椅。

「現在看看它說了些什麼！」我作了個深呼吸，自言自語道。

我伏在桌子上，用自己的手指指著每一個字母，流暢地、毫不遲疑地很快大聲念出全部句子來。

但結果卻令我大大的驚恐。開始我就像被人重重擊了一下似的。「什麼？我聽到的是什麼事啊！一個人能那麼膽大包天深入到那個地方嗎……」

「噢，不！」我跳起來喊道，「叔叔不能知道這件事，要是他知道了一定會去做同樣旅行的，他一定會如法炮製的，誰也攔不住他的，像他這種固執己見的地質學家，無論如何都會出發的，同時他一定會帶我去，而我們就再也回不到人間來了，回不來了！永遠回不來了！」

我此刻異常激動的心情是沒有任何語言可以表達的。

「不能，這件事不能發生，」我發誓，「我要阻止這種念頭進入這個暴君的腦袋中。我能做到的。要是他也將紙轉過來，就會發現這個秘密了，現在唯一可做的就是毀了這張紙！」

壁爐裡還有一點餘火，我不但拿起這張紙，還拿了薩克努尚的原稿，我顫抖著發熱的手，準備將這一切扔到火裡，毀掉這危險的秘密。

這時，書房的門打開了。叔叔出現在門口了。

第五章・飢餓擊敗了我

我僅僅來得及將這張倒楣的文件放回桌子上。

李登布洛克教授看來仍在全貫注地想他的心事，他是那樣投入以致於他根本無暇去考慮別的。顯然他在散步時已經仔細分析過這個問題，並且發揮了他全部的想像力。現在他回來，要去嘗試某種新方案了。

果然，他坐進了扶手椅。拿起筆，開始寫下一些在我看來像是代數公式的東西。

我留神注視他顫抖著的手，不放過他的每一個動作。他會發現什麼驚人的結論呢？我莫名其妙地哆嗦著，因爲那眞正的唯一答案已經被我發現了，其它任何解決都注定是白費力氣。

在長長的三個小時裡，叔叔只是工作著，一句話也不說，連頭也不抬。一千次劃掉了又重作，失敗了再重新開始。

我知道，只要他能把這些字母按合適的順序排起來，就能念出這個句子。而我又知道僅僅二十個字母就有著二 四三三一 九二八 一六六 六四〇 〇〇〇種排法。

這句話裡有一百三十二個字母，這一百三十二個字母組合方法就至少有一百三十三種。這是一個幾乎無法計算，也沒法想像的數字。因此，我絕對不用擔心叔叔會完成如此龐大的工程，解決問題。

時間飛馳而過，已是晚上了，大街上的喧囂聲已漸漸安靜下來了。

叔叔仍然在伏案工作，什麼也看不見，就連瑪爾莎開門進來也沒有注意到，他什麼也聽不到，即使這老佣人問他：

「先生，你要吃晚餐嗎？」

可憐的瑪爾莎得不到任何回答，不得不走了出去。而我，竭力在驅逐襲來的睡意之後，終於支撐不住，倒在沙發上睡著了。叔叔卻仍在不停地算算劃劃。

第二天早晨，當我醒來時，那廢寢忘食的人仍在工作，他雙眼布滿血絲，臉色蒼白，頭髮被狂熱的手抓得亂七八糟，顴骨發紫，他已作了毫無結果的激烈鬥爭，他已經忍耐了多大的疲勞，費了多少腦細胞啊！

眞的，我開始可憐他了。無論我對他如何責難，但憐惜心已經占據了我的全部感情。這個可憐的人是那樣的專心，甚至忘記了發脾氣。他的全部力量都聚於一點，由於它們得不到正常的發泄，怕隨時都會突然爆發出來。

我只要說一個字就可以將他頭上的鐵箍去掉，但我什麼都沒有說。

我生性很善良，而我之所以不肯吐露一字，也是爲我叔叔好。

「不能，千萬不能說，」我自言自語道，「我不能說出來，我知道他一定會去的，

沒有什麼可以阻止他。他有著火山一般的想像力，他會冒險去做其他地質學家都沒有作過的事。我會保持沉默，保守我已發現的這個秘密，讓李登布洛克教授知道會害死他的。要是他能發現秘密就讓他自己去發現好了，我可不願將來因爲把他引上死亡之路而良心自責。」

這樣決定了之後，我就袖手旁觀。但我沒有估計到即將發生的一件事。

當瑪爾莎想出門到市場上去買東西時，發現大門被鎖起來了，門上的鑰匙也不見了。是誰拿走了鑰匙呢？顯然是叔叔前天晚上散步回來時拿走的。是他故意這樣做，還是偶然的事？他想要我們一齊挨餓？他做得也太過火了，難道要跟這件事毫不相干的瑪爾莎和我陪著他受罪？不錯，因爲我記起過去曾發生過的至今仍令我們心悸的事。那是幾年以後，當叔叔正在從事於他的偉大的礦石分類工作時，四十八個小時沒有吃飯，全家人也跟著「享受」這個科學待遇。偏偏我又是個食慾旺盛的小夥子，結果餓得胃痛得要命。

現在看來，今天的早餐也要像昨天的晚餐一樣泡湯了，但我仍決定當個不怕挨餓的好漢。瑪爾莎卻將整件事看得很嚴重，可憐的女人，她感到很傷心。而我倒是覺得出不了門的問題更重要，你能想像到我是爲了什麼。

叔叔仍在工作，他的全部思維都脫離了與這美好世界的聯繫，他的心不在人間，也沒有人間的一切需要。

快到中午時，飢餓感越來越厲害地騷擾著我。瑪爾莎早已不加思索地吃光了昨天的剩菜，家裡一點東西也沒有。可我仍然堅持著，我要做一個英雄。

下午兩點時，情況越來越糟糕，簡直無法忍受。我開始感覺到餓得要命。我開始告訴自己，我是把這件文件的重要性估計得過頭了，叔叔是不會相信它的，他會當是一個玩笑。如果他眞的要去冒險的話，也是可以阻止的，而且要是他自己發現了解開這個密碼的鑰匙的話，我就是白挨餓了。

這些道理恰到好處地來到我心中，但在昨天晚上它們還都是我認爲不值得考慮的。我已認定我完全沒必要等那麼久，我決定告訴他所有的秘密。

我正想找一個不太刻意的方法向他指示一切時，教授突然站起來，戴上帽子，準備出門去。

什麼！難道我們放他出去，而讓他把我們再次鎖在家裡？不能！

「叔叔！」我叫。

他好像沒有聽見。

「李登布洛克叔叔！」我提高了聲音，又叫了一次。

「哦？」他好像突然醒過來的樣子。

「鑰匙呢？」

「什麼鑰匙？門上的鑰匙嗎？」

「不！」我叫，「文件的『鑰匙』！」

教授從他的眼鏡上方看著我，他明顯看到我的表情有些特殊，因爲他正用力抓著我，一句話說不出，只用眼神來問我。雖然如此，這疑問表達得清楚無遺。

我點了點頭。

他帶著憐憫的表情搖了搖頭，好像他面對著一個傻瓜。

我更肯定地點了點頭。

他眼睛一下子放出了光芒，他的手更用力了。此刻無聲的交談，即使是最無動於衷的旁觀者也會被引起興趣的。事實上，我已不敢再說話，我怕他在狂喜之下會阻止我開口。

但是，在他的再三堅持之下，我最終不得不說出實情。

「是的，那把鑰匙！」我說，「偶然……」

「你說什麼？」他帶著一種不可名狀的表情喊道。

「看，」我說，一面把我寫過字的那張紙交給他，「念吧！」

「可是這念不出什麼意思啊！」他答道，用手將紙揉皺了。

「是的，要是你從頭念的話。但是如果你從後面念起……」

我話音剛落，教授就發出一聲叫聲，或者有甚於叫聲，可以算是吼聲。他忽然看到了光明，他滿面春風。

他抓住紙，雙眼迷朦，聲音斷斷續續，自下而上，他讀完了整個文件。

下面是他所讀的：

In Sneffels Yoculis craterem kem delibat
umbra Scartaris Julii intra calendas descende,
audas viator, et terrestre centrum attinges.
Kod feci, Arne Saknussemm

這些原始的拉丁文可以譯成：

七月之前斯加丹利斯的影子，會落在斯奈弗的優克的噴火口上，勇敢的勘探者，從此火山口下去，你可以抵達地心，我已經到過了。

阿恩・薩克努尚

念完之後，叔叔突然像是意外觸了電似地跳了起來，他的勇氣、他的快樂、他的信心都顯現出來了。

他來來回回走著，雙手抱住自己的腦袋，將椅子移來移去，將書堆成一堆，令人難以置信地將他寶貝的水晶體擲來擲去。最後他終於安靜下來，彷佛一個精疲力竭的人那樣跌回他的椅子上。

「現在幾點了？」他沉默了幾分鐘後問道。

「三點鐘。」我回答。

「是嗎？我的飯菜這麼快就被吃光了，我簡直都快餓死了，我們得先去吃點東西，然後……」

「然後，怎麼樣？」

「你得給我打包行李。」

「什麼？」我驚愕。

「而且，你自己的也要打。」教授一點也沒有商量的餘地，然後走進了飯廳。

第六章・白費口舌

聽完這些話後，我全身發抖。但我控制住自己，企圖保持沒事的樣子。我明白只有用科學的理由，才能阻止李登布洛克教授，很幸運，有大量有力的證據可以說明這種旅行是行不通的。到地球中心去！多麼瘋狂的想法啊！我得準備找一個合適的時候，發表我的理論，現在先全力以赴完成吃餐的職責吧！

當叔叔看到空桌子時發出的詛咒，我無需重複了。經過解釋之後，瑪爾莎獲釋趕往市場，準備得妥妥當當，一個小時後，我的飢餓終於被解決了，我於是再度意識到我目前的處境。

用餐的時候，叔叔顯得很高興，他開了一些放肆卻無傷大雅的玩笑。飯後，他作了一個手勢叫我跟他到他的書房裡去。

我照辦了。他在桌子一頭坐下，我也在另一頭坐下。

「阿克塞，」他用特別溫和的聲調說，「你是個非常聰明的孩子，我已絞盡腦汁幾乎想放棄這件事了。你卻幫了我的大忙，要不然我還會枉費心機！我永遠不會忘記，我的孩子，你將和我一同分享我們就要得到的榮耀。」

「太好了！」我想，「他看來情緒相當不錯，現在正是與他討論他那所謂『榮耀』的好時機。」

「首先，」叔叔繼續說，「我要堅持保守秘密，你理解嗎？在科學領域方面我有很多勁敵，他們也渴望著作這樣一次旅行。可是，只能等我們這次旅行結束回來後，才能讓他們知道。」

「你認爲，」我問，「眞有那麼多人都想去冒這種險嗎？」

「當然了，只要想到能獲得這樣大的聲譽，誰還會猶豫不決？要是將這個文件公諸於世，所有的地質學家都會立刻想去追尋阿恩·薩克努尙的足跡！」

「我不太相信，叔叔，因爲沒有什麼可以證明這個文件是否眞實。」

「什麼？那麼那本放文件的書呢？」

「噢，就算它是薩克努尙的手跡，但這能說明他眞的作過那一次的旅行嗎？難道這件事不會根本就是故弄玄虛嗎？」

最後一句話有些冒失，我幾乎後悔將它說了出來。教授的濃眉皺了起來，我耽心我已令這次談話打了折扣。可很幸運，我的擔心完全是多餘的。我的這位嚴厲的談話對象的嘴邊露出了一絲笑意。

然後，他答道：

「我們走著瞧！」

「啊！」我吞吞吐吐地說，「但是關於這文件我有些意見與你有分歧。」

「說好了，孩子。不用害怕，你可以不用顧慮地說出你的任何想法。今後我不再當你是我的侄子，而當你是我的同事。所以，說吧！」

「好吧，首先我想問你有關優克，斯奈弗和斯加丹利斯這幾個名稱的意思。因爲我從來沒有聽說過這些名字。」

「這問題很容易。正巧我最近收到我的朋友阿德克．彼德曼寄來的萊比錫製的地圖。它來得正是時候，到第二圖書室去，將第四個書架上Z字部首的第三本地圖取下來。」

我遵照這些指示，很快取到了需要的地圖，叔叔打開它說道：「這是漢德森收藏的冰島最好的地圖之一，我想它能解答你所有的問題。」

我彎下腰來看著地圖。

「你看，整個島上到處都是火山。」教授說，「注意它們都叫『優克』。這個詞冰島文裡意思是冰河。冰島緯度很高，火山爆發大多都發生在冰層中。所以優克這個詞指的是冰島的所有火山。」

「我明白了，」我答道，「那麼『斯奈弗』呢？」

我祈望著這個問題不會有答案，可我又失望了。

叔叔繼續說：

「看我手指的地方，沿冰島的西部海岸，你看到冰島的首都雷克雅畢克了嗎？看了，好！再順著被海水浸蝕著的海岸旁那些峽灣往上看，在緯度六十五度下面一點的地方，你看到那兒有什麼？」

「一個好像一根骨頭似的半島，盡頭好像是一根巨大的膝蓋骨。」

「比喻不錯，我的孩子。現在你在這根膝蓋骨上看見什麼沒有？」

「看見了，一座好像從海裡伸出來的山。」

「對，哦，那就是斯奈弗。」

「斯奈弗？」

「是的，斯奈弗，一座五千英尺高的山，冰島最傑出的山岳之一，如果它的火山口眞的可以一直通到地心，它的確可以成爲地球上最著名的山了。」

「但是，這是不可能的！」我說，厭倦地聳聳肩。

「不可能？」李登布洛克教授鄭重其事地說，「爲什麼不可能？」

「因爲這火山口裡一定充滿了燃燒著的熔岩，那樣的話……」

「如果這是一座死火山呢？」

「死火山？」

「是的，世界上目前只存在三座活火山，大多數都是死火山，斯奈弗就是其中的一座。根據史載，它一共只噴過一次火，是在一二二九年，此後就逐漸平靜下來，目前它已不能算是活火山了。」

面對如此確切的論據，我無言以答。我只能轉移話題，引到文件的其它問題上去。

「『斯加丹利斯』又是什麼意思呢？還有七月這個月份是從哪兒夾進來的？」

叔叔思考了幾分鐘，我感覺到瞬間即逝的一線希望，但是很快他就回答道：

「你的問題對我來講是一種啓發。這證明薩克努尙巧妙地描述了他的發現。斯奈弗有好幾個火山口，所以有必要指出通向地心的那一個，這個博學的冰島人是如何做到這點的？他觀察到接近七月初一時，或者可以說是接近六月底的時候，這座山的一個山峰斯加丹利斯正好將它的影子投在那個火山口上，在文件中，他記錄了這個事實，還有什麼比它更精通的了。而且當我們到了斯奈弗的山頂上以後，可以不用猶豫該走哪一條路了。」

叔叔顯然對任何問題都有他的答案，我明白要在這張老羊皮紙上所寫的字句上去難倒他是不可能的。所以，我不再在這方面追問他了。但最重要的事還是必須說服他，我便將問題轉到科學方面去了，這在我看來更爲重要。

「好吧，」我說，「我不得不承認薩克努尙寫的這句話是十分明白的，沒有一點可疑的地方。我甚至可以認爲這個文件看來是完全眞實可靠的。這位古代學者到過斯奈弗的底部，他看到斯加丹利斯的影子，在七月切一時投到火山口上方，他甚至從當時的神話故事中聽說那個火山口抵達地心。但是他下去後又活著回來，卻是不可能的，百分之百不可能！」

「為什麼不可能？」叔叔帶著輕微的嘲笑口吻問道。

「因為所有的科學理論，都證明這麼做是不可能的。」

「噢，所有的科學理論都能證明這一點，是嗎？多麼可笑而又令人討厭的理論！」

我明知他是在揶揄我，但我仍繼續辯論著。

「是的，眾所周知，每往下七十英尺，氣溫就上升攝氏一度左右。如果你承認這一說法仍然成立的話，地球的半徑約有四千公尺，那麼地球中心的溫度就要超過兩百萬度。因而地球內部的一切物質必定都類似白熱化的氣體，因為金子、白金和最硬的岩石都不能抵抗這樣的高溫，所以我有足夠的理由問一下，他怎麼可能進入地球這麼深的內部呢？」

「那麼你擔憂的僅是溫度了，阿克塞？」

「當然了，我們只要下去二十五英里，我們就到了地殼的底層了，那裡的溫度已超過一千三百度了。」

「你是怕被熔化了？」

「我讓你來回答這個問題好了。」我發著脾氣反駁。

「這就是我的回答。」李登布洛克教授驕傲地說，「你和任何人都不知道地球內部的情況，因為我們只穿過了地球半徑的一萬二千分之一部分。再著，科學是永遠不斷完善的，且新的理論也會被更新的理論所推翻。在傅利耶（法國物理學家一七六八～一八三〇）之前，人們不是一直相信宇宙空間相對溫度都是在不斷降低的嗎？而且今天我們不是知道宇宙間的最低溫度從不低於零下四十或五十度嗎？地球內部的溫度又何嘗不是這樣呢？它又爲什麼不可能在一定深度達到一個極限而不再升高，不會升到最難熔解的礦物的熔點？」

當叔叔將問題放到「假設的領域」中去時，我已沒什麼話可以回答了。

「好吧，讓我告訴你，一些眞正的學者，包括波瓦松（法國物理學家一七八一～一八四〇），都認爲如果地球內部存在著兩百萬度的熱度，那麼熔解的物質所放出的白熱化氣體，就會產生一種地殼所不能抵禦的彈力，這樣地殼就會像汽鍋的外殼那樣由於蒸氣的作用而爆炸。」

「那只是波瓦松的看法罷了，叔叔。」

「就算是吧。但是其他一些著名的地質學家也認爲地球內部的物質既不是氣體也不是水，也不是我們已知的重礦石，因爲如果眞是那樣的話，地球起碼要比現在的輕一半。」

「噢，你可以利用想像來證明一切。」

「但事實不也是這樣嗎？自從開天闢地以來，火山的數量不是一直在減少嗎？我們難道不可以得出結論：要是地球中心存在熱量，那它的溫度也在不斷降低呢？」

「叔叔，如果你還在猜測的話，我已無話可說。」

「但我必須要說，一些最偉大的學術權威與我有著一致的看法。你還記得一八二五年著名的英國化學家亨福萊．大衛對我作過的一次訪問嗎？」

「不，我不記得，因爲那是發生在我出生以前十九年的事情。」

「好吧，亨福萊．大衛是在路過漢堡的時候順便來看我的，在爭論中，我們長時間地討論了關於地球內部是液體的假設，我們一致都同意這種液體是不可能存在的。這個依據在科學上還沒有什麼可以駁倒它。」

「什麼依據？」我驚奇地問。

「因爲這種液體一定會像海洋一樣，受到月球的吸引，而產生潮汐，一天兩次，這種內部潮汐會掀動地球外殼，而引起周期性地震。」

「這是很明顯的，」我說，「地球表面是發生過燃燒，而且，有理由認爲，地球外殼先冷卻，但內部還包含著熱。」

「你錯了，」叔叔回答，「地球是由於表面氧化而變熱。它的表面分布著大量礦物，像鈉和鉀，一旦遇到空氣和水就會發生燃燒。當空氣中的水蒸氣形成雨降及地面時，這些礦物就會發生反應而燃燒。當水漸漸滲入地殼的裂縫中去時，它們就會由於氧化而造成爆炸和火山爆發，這就是地球形成初期有無數火山產生的原因。」

「我敢說這是很卓越的理論！」我忘形地大叫。

「這是亨福萊．大衛提出來給我的，他用一個很簡單的實驗證明了這個說法。他做了一個由我剛剛提及的礦物組成的小球，類似我們的這個地球，當他讓一滴水落到球的表面時，它立刻開始膨脹，形成一座小山，山頂有一個噴火口，『火山爆發』使整個球燙得你不能將它放在手裡了。」

我開始被教授的辯論所動搖，以他一貫的精力和熱情，使他的論證又進了一步。

「你看，阿克塞，」叔叔接著說，「地質學家們對地球中心的狀態有著種種的猜測，你信以爲眞的那個地心熱的說法還沒有得到什麼證明。我個人認爲這是不存在的，也不可能存在，但是無論如何我們會知道的，我們會像阿恩．薩克努尙一樣搞清這個重要問題的。」

「對！」我答道，被他的興奮感染了，「我們會搞清的——就是，如果到了那裡能看到任何東西的話。」

「爲什麼不可能？我們難道不可以依靠地球內部的電現象帶給我們光明，甚至在接近地心的時候，還可以借助大氣壓力的作用使空氣發光？」

「是的，」我說，「這是可能的，我相信。」

「當然可能，」叔叔帶著勝利者的口氣回嘴，「可是不許聲張，你懂嗎？一點都不許聲張，別讓任何人比我們先到達地心！」

第七章．準備

難忘的談話就這樣結束了，我仍在興奮不已。我茫然地走出叔叔的書房。漢堡大街上沒有足夠的空氣，可以讓我平靜下來。我轉向易北河畔，那裡是渡輪駛向漢堡火車站所在的小鎮。

我是否已承認剛才我所聽到的？我已被李登布洛克教授說服了嗎？他要進入地心去的意向是眞的嗎？我聽到的那些話，是一個白痴的瘋話、還是個偉大天才的科學論斷？在這場論辯中，眞理是從哪裡轉變成謬誤的呢？

我不知不覺地陷入千千萬萬個自相矛盾的假設中，始終得不出一個結論。

是的，我記得我已被說明了，縱使我的熱情開始冷卻，我也寧願馬上就出發，好讓自己沒有時間再考慮，是的，我應該當時就鼓起勇起打好我的行李。

但是一個小時後，我的興奮感已消失了，我的神經也放鬆了，彷彿我剛剛才從地球深處上升到地面上來。

「簡直荒唐透頂，」我反駁，「這些毫無意義可言。這不是一個正常的小夥子的想法。整件事都是一個錯誤。我一定是沒睡好，還做了一場惡夢。」

當時我已沿著易北河畔繞開了小鎭，過了港口後我已走上了阿爾杜納的路。一種完全正確的預感指引著我，因爲我發現我的小葛拉蓓正精神抖擻地向漢堡走去。

「葛拉蓓！」隔老遠我就大聲叫她。

這女孩子停了下來，我想像得到她一定因爲在馬路上聽到有人喊她名字而嚇了一跳。我又向前跨了十來步，就已站在她的身邊。

「阿克塞！」她驚奇地叫道，「噢，你來看我了，你眞好！」

但是當葛拉蓓看著我時，她注意到了我眼中的不安和焦慮。

「你怎麼了？」她抓住我的手問道。

「怎麼了，葛拉蓓？」我反問。

幾分鐘和三兩句話，就足以讓我這漂亮的維爾蘭女孩明白所有的事情。

她沉默了幾分鐘，我不知道她的心是不是和我一樣跳動著，她抓著我的手並沒有顫抖，我們一言不發地走了一段路。

「阿克塞！」她終於開口了。

「噯，我親愛的葛拉蓓？」

「這將是一次偉大的旅行。」

我驚愕住了。

「是的，阿克塞，一個値得科學家的侄子去進行的旅行，一個人通過一次偉大的探險來使自己出名，總是一件好事。」

「什麼，葛拉蓓，你的意思是——你不會反對我這次遠征嗎？」

「不，我親愛的阿克塞，要是一個女孩不會妨礙你們的話，我會很高興與叔叔和你一起出發的。」

「你是說眞的？」

「眞的！」

噢，女孩和女人的心是多麼難以理解啊！當她們不是最膽小的人時，就是最勇敢的人，理性和她們的生活毫不相干。這個女孩子正在鼓動我去參加這次遠征，而且正毫無懼色地自己也想來參加。雖然她是愛我的，但仍慫恿我去做這件事。我感到很窘迫，事實上我很慚愧。

「葛拉蓓，」我說，「我們倒要看看明天你是否仍這樣說。」

「明天，我親愛的阿克塞，我會說同樣的話。」

我們手牽著手，誰都不再說話，我們繼續走著。

我被這一天的各種情緒，折磨得精疲力盡。

「畢竟，」我自己想道，「七月初一反正還早著，這期間也許會發生許多事情。再說爲了這一次的地下探險，叔叔得先治癒他的狂躁病。」

當我們到達科尼斯大街時，夜幕已降了下來，我猜想會發現那兒已經很安靜。這會兒，叔叔已上了床，而瑪爾莎可能正用羽毛刷在清掃飯廳。

可是，我沒有估計到叔叔的火爆脾氣，我看到他正又叫又嚷向門口那些卸貨工人發號施令，旁邊我們的老佣人正不知所措地團團轉。

「過來，阿克塞，」叔叔一看到我就喚道，「快點，你的行李袋還沒有整理，我的文件還沒準備就緒，我行李袋的鑰匙找不到了，我的皮靴還沒有放好呢！」

我驚訝得語無倫次了，只能喃喃地說：

「我們現在就走？」

「是的，你這傻小子，出去走走，別待在這兒。」

「我們要走了？」我無力地重覆著。

「是的，首先你要知道是後天走。」

我不想再聽下去了，我逃進我的小房間去。

一切事都確定無疑了。叔叔花了一個下午的時間買來了旅行所需要的東西，小徑上堆滿了足夠的繩梯、有結的繩子、火炬、長頸瓶、鐵鍋、登山杖、尖端包鐵的棒、鶴嘴鋤，至少夠一打男人搬的。

我熬過了一個可怕的夜晚。

翌晨，一大早就被叫醒了，我已決定不開門，但我又怎抵擋得了那十足甜蜜的呼喚聲：

「親愛的阿克塞！」

我走出我的房間，我指望著憔悴的容貌、蒼白的臉色、由於失眠而通紅的眼睛，能喚起葛拉蓓的憐憫心並令她改變主意。

「啊，親愛的阿克塞，」她說，「我看得出你現在感覺好些了，經過一夜的休息，已使你的精神恢復了過來。」

「天哪！」我叫，一邊衝到鏡子面前，哦，我確實看上去比我想像中的好，我幾乎不相信我的眼睛。

「阿克塞，」葛拉蓓說，「我已經和我的監護人詳細談過。他是一個很有威望的思想家和很有魄力的男人。你必須記住你的血管中流著他的血。他已告訴我他的計劃和打算，並向我解釋了為什麼和怎樣去達到他的目的。我毫不懷疑那些。噢，阿克塞，獻身於科學是一件多麼偉大的事情，一種怎樣的榮耀將落到李登布洛克——還有他的夥伴的頭上！當你回來時，阿克塞，你將成為一個真正的男子漢，和教授平等的男子漢，你可以自由地說，自由地做，自由地……」

她忽然住了口，臉漲地漲得通紅。她的話令我振奮起來。然而，我仍拒不相信我們即將動身。我把葛拉蓓帶到教授的書房裡。

「叔叔，」我說，「我們準備走了嗎？」

「什麼？你還在懷疑嗎？」

「不，」我說，並不想激怒他，「我僅僅想知道我們爲什麼要這麼急。」

「時間啊！時間正像飛一樣溜走！」

「但是，現在只有五月二十六日，從現在到六月底……」

「你眞是傻，你認爲到冰島那麼容易嗎？如果剛剛你不是像個傻瓜那樣走出去，我會帶你去利德芬公司在哥本哈根的辦公室，你知道，那是唯一辦理從哥本哈根到雷克雅畢克航班的地方，在每個月的二十二號。」

「所以？」

「所以要是我們一直等到六月二十二日的話，就太晚了，就看不到斯加丹利斯的影子投在斯奈弗火出口上了。所以我們必須盡快趕到哥本哈根，找到某種交通工具。打點你的行李去！」

我已無言以答，回到我的臥室，葛拉蓓陪著我。就是她，親自爲我將一切我必需的東西放入一只旅行皮包裡，她看來並不比我到呂貝克或赫爾戈蘭作旅行時更興奮，她的小手匆匆地忙著，她平靜地與我聊著，給我一些遠征的傑出而又通情達理的忠告。

我喜歡她，但又有點怨她，時時我都很不耐煩幾乎大發雷霆，但她並不在意，繼續有條不紊地工作者。

最後，當旅行皮包的最後一根皮帶扣上後，我下了樓梯。

這整整一天中，科學儀器、武器和電具都備齊了，可憐的瑪爾莎忙得已不知身在何處了。

「主人是不是發瘋了？」她問我。

我點點頭。

「他是不是要帶你一塊去？」

我又點頭。

「到什麼地方去？」她問。

我指了指地球的中心。

「到地窖裡去？」老佣人嚷道。

「不是，」我說，「比這更遠的地方。」

夜色降臨了，我沒有意識到時間流逝得這樣快。

「明天見！」叔叔說，「我們六點正出發。」

十點鐘的時候，我才跌到床上，整個晚上我又開始害怕起來。我時時夢見深淵，我變得神志不清，我感覺到教授強壯的手拖著我、扯著我，將我拽到窪洞和流沙裡面。我跌入深淵，身體通體空氣時速度不斷在增加，我彷彿正漫無止境地往下掉。

凌晨五點時我醒了，疲乏加上激動令我精疲力盡。我下樓走進飯廳，叔叔正坐在桌前狼吞虎咽，我厭惡地瞧著他，可是葛拉蓓也在那裡，因而我什麼都沒有說，我已吃不下任何東西。

五點半鐘的時候，外面傳來車輪滾動的聲音，一輛大馬車已經到達，準備將我們運到阿爾杜納的車站，馬車內不久便堆滿了叔叔的行李。

「你的行李呢？」他問我。

「已準備好了。」我結結巴巴地回答。

「快把你的行李搬下來，否則你會使我們誤了火車的。」

很明顯地，現在已不可能改變我的命運了。我回到我的臥室，讓我的旅行皮包自己滑下樓梯，我在後面急速跟著。

這時，叔叔正鄭重其事地將房子的支配權交給葛拉蓓。我那漂亮的小維爾蘭女孩像平時一樣平靜，她吻了吻她的監護人，但是當她甜蜜的嘴唇觸到我的臉頰時，她忍不住流了淚。

「葛拉蓓！」我喚道。

「去吧，阿克塞，親愛的，去吧，」她說，「你現在離開你的未婚妻，但當你回來時你就可以見到你的妻子了。」

我用雙臂擁抱了她以後，就坐上馬車。在家門口，瑪爾莎和葛拉蓓最後揮著手向我們告別，接著兩匹馬隨著車夫的一聲么喝，向通往阿爾杜常的路上奔去。

第八章・第一站

阿爾杜納實際上是漢堡的近郊，是那條可以將我們帶到北海岸的基爾鐵路的終點站。不到二十分鐘，我們便已在荷爾斯達因境內了。

六點半時馬車到達車站，叔叔那些又笨重又大號的行李被卸下來，再扛進去，然後過磅、貼上標籤，最後放進了行李車內。到了七點鐘時，我們便面對面坐進車廂內了。汽笛一樣長鳴後，火車駛動了，我們的旅行開始了。

我放棄了嗎？還沒有。然而，早晨清醒的空氣，車廂外快速掠過的景色，已帶走了我的心事。

教授的思想顯然已跑到火車前頭去了，火車的速度與他急躁的性格相比是慢了多。車廂中只有我們兩個，可是我們誰也沒有說話，叔叔一直在仔細地檢查所有他的口袋和旅行包。他沒有忽略任何一件他實行計劃時可能要用到的東西。

其中有一張折得很仔細的紙，紙的開首有丹麥的國徽和克里斯丹遜先生的簽字，這是叔叔在丹麥駐漢堡的領事朋友。這顯然是意味著我們可以憑著這份介紹信，在哥本哈根拜見冰島的總統。

我甚至注意到了那張被叔叔又小心又仔細地藏在他錢包最底層的有名文件。我在心底詛咒著這個文件！之後，才將注意力轉到窗外的景色中去。那一大片一點也提不起我興致，單調卻很肥沃的平原——有利於鐵路的行駛，那些筆直的軌道令鐵路局的職員們感到相當滿意。

我還沒有時間厭倦這種單調感，三個小時後火車就在基爾——海的盡頭的另一塊地方停下了。

我們的行李一直托運到哥本哈根，因而不用再爲此操心。但是叔叔卻不放心地緊盯著那些行李被運到船上，再送進船艙。

在由火車換乘輪船之際，由於叔叔做事敏捷，因而我們有一整天空閒的時間，〈愛爾諾拉號〉汽船要到晚上才能開。這之前還有讓人急得要發狂的九個小時，這位性急的旅客，一直在破口大罵鐵路和汽船的管理人員，和造成這些弊端的政府。

當他對著〈愛爾諾拉號〉汽船的船長大發牢騷，並催促他立即開船時，我不得不爲他幫腔。但船長驅逐了他。

我們在基爾就像在別的地方一樣，一天就糊裡糊塗過去了，我們遊蕩在這個聳立著許多小城鎮的港灣口岸上。在森林中穿梭，這片森林令這港灣看來像嫩枝絲中的鳥窩。我們瞻仰了每個房間都附設了一間小浴室的別墅，最後邊趕路邊埋怨，終於熬到了十點鐘。

〈愛爾諾拉號〉的煙囪裡噴出了幾道煙，飄到天上，鍋爐裡的水汽聲震撼著甲板，我們站在船上，在唯一的船舷上臨時占了兩個臥鋪。

十點一刻時，繫船的繩索就被解開了，汽船迅速劃破漆黑的水面駛過大海峽。

夜色沉沉，微風習習，海浪洶湧，岸邊的幾點燈光在黑暗中閃爍。才過了一會兒，我已不知身在何處了，熾亮的燈塔射出一道炫目的光芒，照亮了浪濤。關於那初次航海，我所能回憶起來的就是這些。

翌晨七點鐘時，我們在謝蘭島西部一個小鎮考色爾上了岸。然後，我們上了另一輛火車，它像荷蘭牛一樣平穩地穿過鄉野。

我們花了另外三個小時到達了丹麥的首都，叔叔徹夜未眠，我敢肯定他一定性急地恨不得用腳推著火車前進。

最後他看到了一片汪洋大海。

「波羅的海海峽！」他叫道。

我們的左邊有一幢高樓，看來像是一家醫院。

「那是一家精神病院。」一位旅伴說。

「好極！」我想，「這一定將是我們度過生命最後幾天的地方了！」這醫院雖然規模很大，但還不夠容納李登布洛克教授所有瘋狂的念頭！

早上十點時，我們終於在哥本哈根下車，一輛馬車將我們及那些行李送到了布萊德加特的鳳凰旅館。這耗去了我們半個小時，因為車站在城外。叔叔匆匆上完廁所後就帶著我出去，旅館的侍者能說德語和英語，可是這位博學的教授卻用流利的丹麥語提問，靠著這流暢的丹麥語那人指給了他北方古物博物館的方向。

這個以收藏古代兵器、杯具、珠寶、復興國家歷史而成為奇跡的奇特博物館的館長，是一位被稱作湯姆遜教授的學者，也就是那個丹麥駐漢堡領事的朋友。

叔叔將那份熱誠的介紹信遞給他，按照一般慣例，學者對待學者總是相當冷漠的。但是這回卻完全是另一碼事，湯姆遜教授十分客氣，而且給予李登布洛克教授和他的侄子極熱烈的歡迎。不用說我們要對這位博物館館長保守秘密了：我們僅僅是兩個出於閒時的好奇心想來冰島參觀的普通旅客而已。

湯姆遜教授完全遵照我們的意願來安排一切，我們到碼頭上去找開往冰島的船。

我希望不管什麼樣的船都不會有，然而我失望了。一條丹麥小船「伏爾卡利」將於六月二日開往雷克雅畢克。船長培恩先生正巧在船上。他的未來乘客興奮得握緊他的手幾乎將骨頭都捏斷了。這個好人對如此握手有點吃驚。出於職業習慣在他看來去冰島是件很平常的事，但是這對叔叔來說卻是一種偉大的表現。船長趁機利用我們的焦急心理索取雙倍的價錢，這點小事並不令我們頭痛。

在放下相當數目的錢後，培恩船長說：「星期二早晨七點上船。」

我們謝過湯姆遜先生的幫助後，便回到鳳凰旅館。

「一切都很順利！非常順利！」叔叔說，「能找到這條要開的小船眞是幸運！現在我們去吃早飯，然後去看看哥本哈根的名勝。」

我們到肯根斯尼特廣場去，那兒有著兩門誰都不用害怕的供參觀用的大炮。附近的五號是一家法國餐廳，我們在那兒每人花了四馬克享用了一頓價錢適中的豐盛早餐。

飯後我帶著孩時特有的興致逛了小城，叔叔讓我帶著他，但他什麼都不看——既不遊覽那無甚特別的皇宮，也不去看博物館對面那橫跨運河的美麗的十七世紀大橋，既不瞻仰高大的威爾遜紀念館（丹麥彫刻家一七六八～一八四四年），館外盡是些討厭的壁畫，還有一些雕刻作品，也不到美麗的公園裡去看看像玩具般的盧森堡城堡，不去看輝煌的文藝復興時期的證券交易所，它的頂部是由四條銅龍的兩對尾巴組成，也不去看城牆上的風車，它們的風扇漲滿了海風時像航行的船。

要是和美麗的維爾蘭女孩一起散步該是多麼愉快，閒步在有著平靜休憩著雙層船快艇的港邊，沿著狹窄的綠色岸邊徘徊。在砲台中的樹蔭下漫步，這砲台的大炮將它們黑色的大嘴隱沒在赤楊的枝條和草坪中。

可是，唉，葛拉蓓離我太遠了，我快懷疑我是否還能再見到她。

雖然叔叔仍對那些可愛的景色像瞎子一樣，但他卻被哥本哈根西南角的阿馬克島上的一幢教堂的尖頂吸引住了。

我被命令朝那個方向走，我們於是登上了一艘正在運河中行駛的小汽船，幾分鐘後我們就到了造船所的碼頭。

在走過幾條狹窄的有穿著灰色和黃色條子衣服的犯人正在看守監視下工作的街道後，我們到達了福．夫萊沙克教堂。這幢教堂沒有什麼特殊之處，但它那高聳的尖頂卻吸引了教授的注意。從塔頂開始，有一般外樓梯沿尖頂蜿蜒而上，直插雲天。

「上去。」叔叔說。

「我們會頭暈的。」我回答。

「我們上去要找這麼多理由幹嗎？我們必須得上去。」

「可是……」

「上去，我告訴你，別浪費時間。」

我不得不服從命令，坐在馬路對面的管理人把鑰匙給了我們後，我們便開始登樓。叔叔走在前面，敏捷地攀登著。我戰慄地跟在他身後，因爲我有懼高症。我既沒有鷹的穩健，也沒有它那堅強的神經。

我們在裡面攀登樓梯時，一切都很順利。但在一五〇級後，就開始有風迎面吹來，我們已到達了塔頂。我們要開始攀登室外的樓梯了，樓梯只要有細細的鐵欄杆作爲防護，台階也越高越窄，彷彿可以伸展到無限的空間中去。

「我不行了！」我叫。

「你不是膽小鬼，是嗎？上去！」教授毫無憐憫心地回答。

我不得不跟住他，挨著欄杆上去。尖銳的風令我頭暈腦脹，我感覺到塔尖在空中搖晃，我的腿快支撐不住了，不久我就用膝蓋往上爬，再下去乾脆就匍匐而上了。我閉上眼睛，不去看可怕的高空。

最後，叔叔抓住了我的衣領，我已觸到了塔頂的圓球。

「看，」他說，「睜大眼睛看，你該學學往下看深淵。」

我睜開眼睛，我看到下面的房子在煙囪的濃煙中間，看起來好像由於倒下而摔扁了一樣。我的頭上一朵雲正飄過，光幻視使得它們看來是在運動，塔頂、球和我都以一種極可怕的速度移動著。遠處的一邊是翠綠的田野，另一邊則是在陽光下閃閃發光的海洋，波羅的海峽一直伸展到厄爾斯諾爾，好幾點白帆彷彿海鷗的翅膀。在煙霧朦朦的東方，隱隱約約能辨認出瑞典的海濱。整個浩瀚的景象在我眼底下旋轉著。

然而，我不得不站直了，向四周眺望。我的頭暈目眩的第一課持續了一小時，當最後我被准許下來走在堅實的鋪設石子的街道上時，我幾乎不能直起腰來。

「我們明天再來練習。」教授說。

事實上，在重覆了五天這種令人頭昏的練習後，我意想不到會在這門「居高臨下」的藝術中，取得了決定性的進步。

第九章 到達冰島

我們離開的日子終於來臨了。出發的前一天，我們友善的朋友湯姆遜先生將冰島總統特朗勃伯爵和大王教的助手皮克遜先生，雷克雅畢克的市長芬遜先生的幾封熱情洋溢的介紹信交給我們。爲了感謝他的幫助，叔叔十分熱誠地與他握手。

六月二日早晨六點時，我們寶貴的行李被帶上了〈伏爾卡利〉船，船長將我們帶到船艙底下狹小的客艙內。

「順風不？」叔叔問。

「不能再順了，」培恩船長回答，「正刮東南風，我們將張起風帆以最快的速度駛離波羅的海的海峽。」

幾分鐘後，帆船揚起風帆掠過了海峽。一小時後，丹麥的首都便漸漸看不見了，彷彿沉沒到遠處的波浪中去了。

〈伏爾卡利〉駛過了埃爾西諾爾港口。我居然神經過敏似地指望能在那塊著名的平台上見到《哈姆雷特》一劇中的鬼魂。

「偉大的瘋子，」我說，「你一定會支持我們遠征的！你甚至會想跟著我們到地心去找解決你那不朽的問題的方式。」

然而，在那古老的牆上什麼都沒有出現。而且，這古堡看來也要比勇敢的丹麥王子年輕得多。它現在是這位管理每年都有五千隻船舶經過海峽的人的豪華寓所了。克朗葛保德古堡不久便消失在濃霧中了。接著，屹立在瑞典海岸上的海爾新堡也消失了，在卡特加特海峽的微風吹拂下，帆船微微顫抖著。

〈伏爾卡利〉是一條好船，然而乘在這條帆船上，你沒法知道下一步會遭遇什麼。這條船帶著煤、日用品、陶器、毛衣和小麥，駛往雷克雅畢克。船上只有五個人，都是丹麥人。

「還要多久才到？」叔叔問船長。

「大約十天，」船長答道，「倘若我們在穿過費羅群島時不遇到西北大風的話。」

「即使如此，你擔保不會耽擱太久吧？」

「不會的！李登布洛克先生，不用擔心，我們會準時到達的。」

傍晚時分帆船開始繞著丹麥北端的斯卡根海角航行，入夜時又穿過了斯卡格拉克，駛近挪威南端的林德那斯海角，進入了北海。

兩天後，我們在蘇格蘭港灣見到了彼得黑德，〈伏爾卡利〉將它的頭朝向費羅群島，從奧尼克和史特蘭之間駛過。

不久，我們的船就遭到大西洋浪濤的襲擊了，它不得不逆著北風艱難地到達了費羅群島。第八日時，船長辨出了這個群島最東面的島嶼米剛尼斯島。此後船就一直駛向位於冰島南岸的波德蘭海峽。

整段航程中沒有發生什麼意外，我也沒有暈船。叔叔卻從一開始到最後，都被疾病所折磨，這令他感到非常痛苦和難爲情。

因此，他無法向培恩船長打聽有關斯奈弗、交通工具和旅行中的種種問題。他不得不將這些問題放到上岸以後再說，而整個航行期間他都躺在船艙中，那兒的牆壁由於船的不停顛簸而震得咯吱作響。他是活該受罪的！

11日我們駛過了波得蘭海角。晴朗的好天氣將海角的米杜斯．優克的全景清晰地展現在我們眼前。海角由一座孤零零屹立在海邊大山峻峭的崖壁組成。

〈伏爾卡利〉從離港邊還有相當一段距離的地方，在大群鯨魚和鯊魚之間繼續向西駛去。不久我們就見到了一塊被鑿穿了的大石頭，澎湃的海浪正從它的裂縫中穿過。西明群島升起在海面上彷彿是漂浮在澄清的水面上的石頭。然後船繞開形成西明群島西南角的雷克牙恩斯海角繼續航行。

激烈的海浪，使得叔叔無法站在船上欣賞那在西南風吹拂下成鋸齒形的海岸。

四十八小時後，一陣暴風雨迫使帆船放下了帆順風而行。我們看到斯卡根海角西面的燈塔，那兒的危崖一直延伸到海裡。一位冰島的領港人登上我們的船來，三小時後，〈伏爾卡利〉停泊在雷克雅畢克外的法蘭克港口。

教授終於走出船艙來，他臉色看來蒼白而又憔悴，但仍精神矍鑠，他的光目現出滿意的神色。

鎮上的人們，都聚集在碼頭上，興致勃勃地看著一條能給他們帶來期望中的東西的船。叔叔匆匆離開這個浮在水面上的監獄——那不能算是醫院。但在離開帆鉛的甲板前他拖著我，指給我看北面的一座高大的雙峰山，山的一個重疊的尖峰上蓋滿了積雪。

「斯奈弗！」他喊道，「斯奈弗！」

接著在打了個手勢示意我絕對安靜後，他爬進一隻正等著他的小艇。我跟著他，很快我們便被帶到了冰島海岸。

我們看到的第一個人是，一位將軍打扮令人難忘的人物。他是一位長官，冰島的總統巴龍．特朗勃，他親自來接我們。教授馬上認出那是誰，他將一封來自哥本哈根的信交給總統後，接著他們就以丹麥語作了一次簡短的談話，我完全有理由不加入他們。第一次談話後，巴龍．特朗勃完全按照李登布洛克教授的意願來安排一切。

接著，叔叔亦受到了市長芬遜先生的熱情接待。他與總統一樣著軍裝，性情也同樣的溫和。

因大主教的助手皮克遜先生正在北部的草原上漫遊，我們只得暫時放棄被他引見的榮耀。但是我們遇到了一位十分可親的弗立特利克遜先生，雷克雅畢克學院裡的一位自然科學講師，他對於我們非常有幫助。這位客氣的人只會講冰島語和拉丁語，在這荷瑞

（紀元前一世紀的古代羅馬的抒情詩人）的語言方面我們相處得很好，我感覺到我們生下來就是爲了互相了解。

事實上，他是我在冰島逗留期間唯一能交談的人。這位善良的人把我們安頓在他家三間房中的兩間。我們很快把行李搬進去，我們的行李之多，令雷克雅畢克的居民大爲驚訝。

「好了，阿克塞，」叔叔對我說，「一切都很順利，最困難的事情也解決了。」

「最困難的？」我叫。

「哦，是的，目前我們唯一可做的就是『下去』！」

「要是你這樣認爲，你是對的。可是，我想知道，當我們『下去』之後，我們又如何上來呢？」

「噢，這難不倒我。來，別浪費時間。我要去圖書館，那兒可能有薩克努尙的手稿，如果眞有的話，我想仔細考查下。」

「你待在那兒好了，我只想去逛街，你不想嗎？」

「噢，這並不能引起我的共鳴。我認爲冰島最有趣的地方不在地上而在地下。」

我走了出去，漫無目的地遊蕩。

在只有兩條街的雷克雅畢克是很難迷路的。我無需費力打聽方向，因爲打手勢往往很容易被誤會。

這條長長的市鎮，躺在兩座小山之間，地勢極低，一邊是一塊高大的熔岩礦床溫柔地伸向海裡。另一邊則是寬闊的法克薩海灣，它的北面就是巨大的斯奈弗冰山，海灣中只泊著〈伏爾卡利〉，平時那些英國和法國的漁業巡邏船都是泊在那兒的，但此時它們正在東部島嶼旁巡邏。

雷克雅畢克僅有的兩條街中，較長的那條和海岸平行，那兒都是些商人和店員住的用橫疊起來的紅色木柱造成的木屋。另一條街方向偏西，一條小湖在主教的房子和其他非商人家的房子之間流過。

不久，我已走完了這條荒涼寂靜的街道到處都能看見舊地毯似的發黃的草坪或者蔬菜地，地裡的一點蔬菜——蕃茄、馬鈴薯和萵苣——只夠擺滿小人國的桌子。還有一些蔫蔫的丁香費力地吸收著陽光。

在兩旁沒有店鋪的大街中間，我見到一個用土牆圍起來面積不小的公墓。再過去幾步，就到了總統的住所，與漢堡的市政大廈比起來這只是一座破屋而已，但在冰島居民的小屋映襯之下，卻有如一座宮殿。

在小湖和小鎮之間聳立著一座教堂，是基督教堂的格式，它是它火山爆發時開採出來的石灰石建成的。一旦猛烈的西風刮來，這屋頂上鋪著的紅瓦片就會被刮得滿天飛，使教徒們處於危險之中。

在教堂附近的山上我看到了國立學校，後來我從我的房東那兒知道：這裡的學生都被要求學希伯來文、英文、法文和丹麥文這四種語言，我一字都不識。要是我到那所學校去，我肯定會是這四十個學生中最末一名，我也不配和他們一起睡他們那些壁櫥似的小房間，稍微嬌氣些的孩子，在那些睡過一夜就會被窒息致死。

三小時後，我已將這座小鎮該參觀的地方都參觀完了，不僅是城內還有它的周圍，風景幾乎異乎尋常地慘淡。沒有樹木，也沒有草木，到處都是赤裸著的火山岩。冰島居民的小屋都是用土和茅草蓋起來的，牆朝裡傾斜著，屋頂看起來像是直接放在地上似的。不過這些屋頂都像是田地，而且還是較為肥沃的田地，因為屋裡的暖氣使得屋頂上的草長得特別茂盛。每到割草期必須得將它們仔細割下來，不然那些家畜會當這些綠色的屋頂是牧場的。

我出來散步的時候幾乎沒有遇見一個人，回來的時候，卻看見一大幫人在忙著曬、醃和包裝他們主要的出口貨——鯡魚。這些人看起來很結實，但動作卻很笨拙，他們有著德國人一樣的黃頭髮和一雙憂鬱萬分的眼睛，情感上也似乎稍微有點區別於其他民族。這些被放逐到冰島連國籍也變為愛斯基摩的可憐流浪人，他們已被判處必須生活在北極圈的邊緣了。我試圖從他們的嘴角找到一絲微笑，但一切都是徒然，他們臉部的肌肉偶爾因為大笑而收縮，但他們從來不曾微笑過。

他們的統一服裝是一件汗衫，用一種在斯堪的納維亞半島一帶被稱為「瓦特墨爾」的黑絨線織成，一頂闊邊帽子，紅條子褲子，還有兩塊折疊起來用以包腳的皮革。

女人們的臉都顯得憂愁和消沉，頗漂亮卻毫無表情，她們身著緊身胸衣和墨綠色調的「瓦特墨爾」絨線織成的裙子。未婚的女孩都梳著辮子，頭上戴著用棕色羊毛織成的帽子，而少婦們都用一種彩色帕巾包著頭，頂上還有一塊亞麻布。

散步完了之後，我回到了弗立特利克遜先生的家，在那兒我看到叔叔和他的房東在一起。

第十章・在冰島的第一頓晚餐

晚餐準備好了。李登布洛克教授狼吞虎咽地飽餐了一頓，由於他在船上時被迫吃素的緣故，而令胃部感到極不舒服。

這頓算是丹麥式而非冰島式的食物並無什麼出衆之處，可是我們的這位是冰島人而非丹麥人的房東，卻令我想起古老的故事中好客的主人翁。顯然我們在他家中比他自己還隨便了些。

談話是用冰島語進行的，只見叔叔時而夾進幾句德話，而弗立特利克遜先生則會夾進幾句拉丁文，好讓我也能聽懂。

像一般學者一樣，他們主要談論科學方面的問題。可是李登布洛克教授在談及我們的計劃時卻閉口不談，並直用眼神示意我保持沉默。

弗立特利克遜先生一開始就問我叔叔在圖書館內研究的結果。

「你們的圖書館！」教授誇張地喊道，「哇，那些幾乎是空洞的書架上，只有幾本古怪的書！」

「什麼！」弗立特利克遜先生答道，「但我們有八千卷書，其中有不少是貴重而又少見的書，都是用北歐古文書寫的，所有的書都是由哥本哈根每年提供給我們的。」

「你如何證明那兒有八千卷書？據我所見……」

「噢，李登布洛克教授，它們都被借走了，我們古老的冰島地方的人都熱衷於看書。這兒沒有一位農夫或漁夫不識字、不看書的。我們知道那些書不該放在鐵欄柵後面發霉，而寧肯讓它們被那一大群讀者眼中渴求知識的光芒燒壞。這些書被人一個一個借去看，常常是一、兩年後才能回到書架上。」

「那麼，」叔叔有些惱羞成怒地說，「外國人……」

「你想說什麼？外國人在家中有他們自己的圖書館，而且，首先最重要的是我們的農民也要接受教育，我已說過，我們的血液中流淌著對學習的興趣。例如，在一八一六年我們成立了一個文學協會，現在發展得很好，外國學者也爲自己能屬於這個協會而感到自豪，它出版了不少書，教育我們的同胞爲國家作出了不少貢獻。如果你能成爲我們中的一員，李登布洛克教授，我們會感到萬分榮幸。」

我這位已經至少是一百科學協會的會員的叔叔欣然接受了加入這個協會的需求，這使弗立特利克遜先生十分感動。

「弗立特利克遜先生，」他說，「我想知道在你們那些古老的書中間是否有阿恩·薩克努尙的著作？」

「阿恩·薩克努尙！」這位雷克雅未克教師回答，「你是指那位十六世紀偉大的物理學家、煉金術士和旅行家？」

「對！」

「冰島文學和科學方面的偉大驕傲之一？」

「正是。」

「一個最不平凡的人？」

「是的。」

「他的勇氣能與他的天才相比？」

「我覺得你很熟悉他。」

叔叔顯然非常高興聽到他的朋友談論這方面的事，他凝望著弗立特利克遜先生。

「哦，」他問，「他的作品內容如何？」

「噢，他的作品……我們還沒有拿到過。」

「什麼——冰島沒有？」

「冰島及它任何地方都沒有。」

「爲什麼？」

「因爲阿恩·薩克努尙在一五七三年被當作異教徒判處死刑時，他的作品都在哥本哈根被劊子手全給燒光了。」

「好！太好了！」叔叔大叫，使這位冰島的校長嚇了一跳。

「請再說一遍？」他說。

「對，這說明了一切，這件事凍結了，這是再清楚不過了。現在我明白為什麼薩克努尚要偽裝他的指示，並被迫隱瞞了他的發現，還不得不把他的秘密藏在他那莫測的密碼裡面……」

「什麼秘密？」弗立特利克遜先生饒有興趣地問道。

「一個秘密……它的……」叔叔吞吞吐吐地說。

「你是不是有些什麼特別的文件？」我們的房東問。

「不……我只是假設一下，一種假設。」

「我明白了，」弗立特利克遜先生回答，他太客氣了。當他看到叔叔的窘境時，並沒有堅持盤問。「我希望，」他接著說，「你不會在沒有考察過冰島的一些礦藏而離開這兒的。」

「當然不會，」叔叔答道，「但是我來得已經晚了些，我猜想在我之前一定有其他學者來過？」

「是，李登布洛克教授，已經來過的考察者有奉王命而來的奧拉夫生和鮑弗爾生兩位先生，有來進行實地調查的特羅伊爾先生，有坐法國『搜索號』軍艦來的一些學者，都為冰島的地質考察作了不少貢獻。但是，請相信我，這裡還有不少考察的工作可以去做。」

「你這樣想嗎？」叔叔裝作若無其事的樣子，竭力藏起他眼中的光芒。

「噢，是的，這兒有那麼多山脈、冰山和火山，它們還有些不為人知的地方值得考察。哦，不要扯遠了，看看那邊突起的一座山吧，那是斯奈弗山。」

「啊！」叔叔說，「斯奈弗山！」

「是的，最奇怪的火山之一，它的火山口很少有人過問。」

「是死火山嗎？」

「噢，是的，它已沉寂五百年了。」

「哦，」叔叔交叉著腿，克制住自己想跳起來的衝動，繼續說道，「我想我應該到斯弗——弗斯……開始我的地質考察工作。你認為呢？」

「斯奈弗？」尊敬的弗立特利克遜先生答道。

這一段對話是用拉丁語進行的，所以我還能聽懂。當我看到叔叔企圖克制住他顯而易見的內心的揚揚得意，卻裝作若無其事的樣子——在我看來更像個要忍不住咧嘴而笑的魔鬼時，我幾乎克制不住想笑出來。

「是的，」他說，「你的話，使我萌發一種想法。我們想去攀登那座山，也許可以研究一下它的火山口。」

「我很抱歉，」弗立特利克遜先生，「我的工作不允許我離開小鎮，不然我會陪你去，那使我感到榮幸，我也可以從中得到些什麼。」

「噢，不，噢，不！」叔叔急忙回答，「我們不想打擾任何人，弗立特利克遜先生，無論如何我們都感謝你，有你這樣有學問的人的陪同，對我們會很有幫助，但是你的職務……」

我僅僅希望我們的房東以他的冰島首腦的職務，不會懂得叔叔這句極厲害的反話。

「李登布洛克教授，」他說，「我非常讚成你從這座火山著手，你這次有趣的考察一定會有很多收穫。但是請告訴我，你打算如何上到斯奈弗半島上去。」

「坐船去，渡海過去，那是最短的路程。」

「也許是的，但這不可能。」

「爲什麼？」

「因爲我們在雷克雅畢搭一艘汽船都沒有。」

「你們沒有汽船？」

「你們可以沿著海岸打陸地上過去。這條路是長了點，但很有趣。」

「好！我會去找一個帶路的。」

「我正好有一個可以介紹給你。」

「是靠得住的頭腦機靈的人嗎？」

「是的。他是半島上的居民，一個非常熟練的獵手和能幹的小夥子。我肯定你們會對他滿意的，他丹麥話講得也很好。」

「我什麼時候可以見到他？」

「明天，如果你願意。」

「爲什麼不是今天？」

「因爲他要明天才能來。」

「那就明天吧！」叔叔嘆了一口氣說。

談話結束了，幾分鐘後，這位德國教授向他的冰島教授表示衷心的感謝。這次晚飯中叔叔弄到了一些重要的東西，其中包括薩克努尙的故事，文件之所以會如此神秘的原因，他的房東不能在旅途中陪伴他的原因，此外，還有關於那位明天就可以聽其支配的嚮導的情況。

第十一章．我們的嚮導漢恩斯

傍晚時分，我在海邊作了一次短距離的散步，回來後早早就爬上了我的鋪板床，整個晚上我睡得很安穩。

當我醒來時，我聽到叔叔在隔壁房間裡談話。我立刻起床，趕緊加入他的談話中。

他正用丹麥語向一位高大的小夥子說話。這小夥子體格出衆，一雙灰藍的透著靈氣的眼睛陷在他那忠厚坦率的大臉盤上，一頭英國人所稱的那種紅色的長髮披在他堅實的肩膀上。這個冰島人舉止溫順，不常用手勢來表達語言。他身上透出一種鎮靜的氣質，溫和卻並不慵懶。一看就能看出他除了想有一份適合自己的工作外沒有什麼要求，在他的人生觀中這個世界上沒有什麼可以令他驚奇或憂慮了。

這個人在傾聽叔叔激動地發表他冗長的言辭時，我目不轉睛地打量著他。他交叉著雙手站在那兒，對叔叔近乎野蠻的指手劃腳無動於衷，偶爾將他的頭從左轉到右邊來表示他相反的意見。若是意見一致，他就低下頭來——此時他的長髮才勉強微微移動。他對動作也如此精打細算，幾乎到了吝嗇的地步。

我當然是絕不會將這個人與獵手搭上線，他根本不可能嚇跑鳥獸，可是，他又如何打中它們呢？

當弗立特利克遜先生告訴我這位溫良的人只打棉鳧時，我才除去了疑問。這種鳥的毛是島上重要的財源，相當著名，而它的絨毛是毫不費力就可以攫取的。

初夏時，雌鳧，一種美麗的鴨子似的鳥，飛來在峽灣的岩石中間做窩，做好後，它就從前胸拔下極好的羽毛鋪在窩的裡層。當獵人或商人來攫取窩後，雌鳧只得重新開始工作，一直到身上的羽毛一根不剩爲止，當它拔光自己的毛後，就由雄鳧代替。但是的羽毛又硬又粗，很不値錢，獵人不會來攫取，雌鳧於是就開始孵蛋，小棉鳧出世後，第二年，棉鳧絨毛大豐收又開始了。

由於棉鳧不會想到去選擇峻峭的岩石並在上面做窩，而是挑那些伸入海裡的低平的岩石，冰島獵人就能比較容易地找到他們所需要的。可以說他是一個無需播種就可以收穫的農夫——只需要收集就可以了。

這位嚴肅、文靜而沉著的人名叫漢恩斯·布傑克，他就是弗立特利克遜先生推薦給我們的嚮導。

他的性格與叔叔截然相反，但是他們居然相處得不錯。他們都沒想到過條件：一個要準備接受對方提供的，另一個則要提供對方所要求的。這項交易很容易就談妥了。

一切安排好後，漢恩斯就帶我們到斯奈弗半島的南岸，火山腳下的斯丹畢山莊去。路上約有二十二哩，叔叔估計我們兩天就可以到達。然而，當他發現丹麥對哩的計算法

跟英國不同，一哩等於八千碼時，他不得不修改了他的計算結果，估計這段旅程需要七到八天左右。

我們有四匹馬——叔叔和我各一匹，另外兩匹用來運行李。漢恩斯按他的習慣步行，他非常熟悉那一帶的峽灣，並允諾帶我們走最短的路。

他的任務並不是僅僅把我們帶到斯丹畢，他還得繼續在整個過程中，協助我們進行科學研究工作。叔叔每星期付給他三元，而且言明約定這些錢必須在每個周末晚上支付。冰島人視之爲絕對必要的交易條件。

我們決定6月16日出發，叔叔想預支酬勞費給獵人，但他一口拒絕了。

「以後。」他用丹麥語說。

「以後。」教授說，是翻譯給我聽的。

一旦談妥後，漢恩斯就離開了。

「眞是一個了不起的小夥子，」叔叔讚嘆道，「可是，他不知道將來還會經歷怎樣新奇的事！」

「他與我們一起到……

「是的，阿克塞，到地心去。」

距我們離開的時間還有四十八小時，我很不情願地將這些時間放在打包上。我們的腦筋都放在了如何將每樣東西用最適合的方式裝好。儀器放在這兒，武器放在那兒，工具放在這個包裡，文件放在那個包裡——所有的東西都分為四組。

儀器包括——

(1)一根可讀至一百五十度的攝氏溫度計，這在我看來既太高又太低。太高是如果溫度升到這個限度的話，我們就要被燒死了。太低是如果用這根溫度計去測高熱的水或者其它物質的話，這個限度還嫌不夠。

(2)一個壓縮空氣的氣壓計，用以測量比海面上的大氣壓更高的壓力。因為當我們在地底下時，越往下氣壓就越往上增，普通的氣壓計是沒法用的。

(3)一個由日內瓦年輕的布埃桑那斯製造，在漢堡的經線上檢驗過的時辰表。

(4)兩個羅盤，一個測量傾角，另一個測量偏角。

(5)一架夜視鏡。

(6)兩個路姆考夫電線圖，通上電，它們會是兩盞安全、便利、可攜式的燈。

武器則包括兩支波德萊．摩托製造的來福槍，兩支左輪手槍。我們為什麼要帶武器？至少我認為我們無需害怕什麼野人或野獸。但叔叔對他的武器和工具一樣重視，尤其是那些相當數量的不怕潮而且爆炸力遠比普通子彈強得多的火藥。

工具則包括兩把十字鍬、兩把鎬、一條絲繩梯、三根包鐵棍、一把斧子、一把鐵錘、一打鐵螺旋和螺釘，和一些長繩索。這些東西都打成一個包裹，因為單單那個梯子就有三百英尺長。

最後就是乾糧——包裏不大，但已夠我滿意了，因爲我知道這些壓縮的豬肉乾和餅乾夠維持六個月。杜松子酒是唯一的液體，沒有水，但我們有一些水瓶，叔叔指望能找到水源並裝滿這些水瓶，可是我擔憂這些水即使存在，其質量和溫度也會有問題，但這些擔憂完全被漠視了。

爲了精確列出我們旅行所帶的清單，我還應該補充一點就是我們有一只藥箱，內有一把鈍剪刀、護骨板、沒有漂白的亞麻布、繃帶、敷料、棉花和盛血器——眞可怕——一種極好的瓶裝糊精、藥用酒精、鉛醋酸鹽、乙醚、醋和氨水——沒有什麼比這些藥更讓我安心了。最後我們準備了所有用於路姆考夫線圈電燈的必要化學用品。

叔叔很仔細，沒忘記菸草、火藥和火線，還有一條他繫在腰上的皮帶，裡面裝著相當多的金、銀和鈔票。六雙用橡膠和柏油做成的防水皮鞋，裡面塞滿了工具。

「配備了這樣的衣物和裝備後，」叔叔說，「我們沒有理由到不了很遠的地方。」

14日整天都被用來打點行李。晚上我們和巴龍·特朗勃一起進餐，作客的還有雷克雅畢克的市長和漢亞達休醫生——當地最好的醫生。弗立特利克遜先生不在座，我後來才知道他跟總統由於在一個行政問題上意見不合而再也不往來了。因而在這次半官方的宴會上的談話，我一句都聽不懂。我只看到叔叔一直不停地在說話。

第二天是15日，我們已準備就緒。並從我們的房東那兒得到一張比我們自己那張愛德生的好到不知哪裡去的冰島地圖，這是奧拉夫·尼克拉·奧爾森先生根據斯爾·弗斯克先生的地理研究，比喬龍．古姆拉維森的地形調查來製作的比例爲1：480,000的地圖，是冰島人李克瑞．索克印刷的，這對一位礦物學家來講是極其珍貴的文件。

最後一夜，我和弗立特利克遜先生作了一次親密的談話，我對他很有好感，這次談話進行了很久。總之，這一夜我沒有睡好。

早晨五點鐘時，我就被窗下四匹馬的嘶聲吵醒了，我快速穿好衣服下樓跑到大街上。漢恩斯正在裝最後一只行李，技巧熟練地毫不費力。叔叔只是指揮，並不幫忙，這位導遊看來幾乎並不理睬他的指令。

六點正時一切準備就緒。弗立特利克遜先生和我們握別，叔叔熱誠地感謝他在冰島給予我們的熱情招待。我盡量地用我最好的拉丁語誠摯地與他話別。然後我們騎上馬，弗立特利克遜先生最後說再見時，對我用拉丁文說了威奇爾斯的一句適用於我們這前途未卜的旅途的名言──**「一切聽從命運安排！」**

第十二章．緩慢的進前

我們在多雲卻還算晴朗的天氣下出發了，沒有太熱或下雨造成的不舒服，一個非常適合旅遊的好天氣。

騎馬穿過一個不知名的鄉村是很愉悅的，旅途一開始我的心情就相當好，我全身心都沉浸在旅遊的快樂中，心中交織著希望和自由，開始了最偉大的遠征。

「此外，」我自言自語，「旅行的危險又在哪兒呢？穿過一個很有趣的山莊，爬上一座非凡的山，最壞也是下到一座死火山底層，顯然那都是薩克努尙做過的。至於一條通向地心的通道，那簡直就是幻想，也絕對不可能的。所以我盡可以享受這次遠征，用不著爲此擔憂。」

我才結束這樣的想法，雷克雅畢克已被我們遠遠地丢到後邊去了。

漢恩斯走到前面，步伐迅速、均勻，絲毫沒有疲累感。兩匹馱行李的馬自動地跟隨著他，在它們後面是叔叔和我，騎在矮小但很強壯的馬背上，那樣子看來還不算太可笑。

冰島是歐洲最大的島嶼之一。它有著一萬四千平方英里的土地，卻只有六萬人口。

地理學家將它分割成四塊，我們不得不斜穿過西南面被稱作蘇德維特峽灣的一塊。

離開雷克雅畢克，漢恩斯立刻走上了一條沿著海岸的小徑。我們騎著馬在貧瘠的牧場之間前進。要令這塊地方變成綠色是很困難的，要令它們變成黃色倒是容易得多。伸出在地平線上的粗面岩小山崎嶇的山頂在東面的霧氣中若隱若現，一片積雪不時聚集了道道的散光，在遠處的山腰上閃閃發光；一些特別陡峭的山頂伸入灰色的雲頭，又在移動著的煙霧之間現出，彷彿天空中的暗礁。

這些層層疊疊的赤裸的岩石一直伸入海中，插入牧場，但它還空出一些地方可以通過。此外，我們的馬會本能地選擇最好的路，而不放慢步伐。叔叔悠閒地騎在馬上心滿意足地鞭策著馬或吆喝使馬快跑，我看到這樣一個高大的男人騎在一匹小馬身上，而雙腳幾乎觸到地面，這令他看來像長著六條腿的人頭馬怪物，我忍不住想笑出聲來。

「好馬！好馬！」他不停地說，「你看，阿克塞，再沒有一種野獸比冰島的馬更聰明了，大雪、風暴、遍布障礙的路、岩石、冰河——沒有什麼可以阻止它，它是多麼勇敢、鎮靜而堅毅。它從來也不會跌跤，也不會突然抽筋，如遇到河流或峽灣——而且相當深，我可以告訴你——你會看到它直接跳進水裡，像一頭兩棲動物一樣游到對岸。我們無須驅趕它，讓它去吧，我們一天準可以走上三十英里。」

「可能，嚮導怎麼樣？」

「噢，我不擔心他。像他這種人可以不知不覺地走上幾英里，這個人以很穩定的步伐前進，因而他不會感到累。此外，有必要時我可以讓他騎我的馬，如果我不活動活動，不久就要抽筋的。我的胳膊還可以，但我還得爲我兩條腿想想。」

當時我們正在飛快前進。山野幾乎已經成爲沙漠了，偶爾能看到一片孤立的農場，一些用木頭、泥土或熔岩蓋成的偏僻的農舍，看來就像是野外流浪的乞丐。這些破爛的茅屋給人一種印象，彷佛是在等候過路人的施捨，我們幾乎眞的想給它們一些救濟品。這些地方，既無大路，也沒有小徑，那些蔬菜不管長得多麼慢，不久就淹沒了那些稀少的旅客的蹤跡。

然而，本省中接近首都的那一塊地方，已經算是冰島上有人煙耕田的地方之一。那麼其他比這塊地方更荒涼的地方又如何呢？在行走半英里後，我們還沒有看到一個農夫站在他的茅屋門前，也沒有看到一個牧童放牧著比他自己更野的羊群，只有幾頭牛和羊放養在那兒。在那些經歷過地震、火山爆發和地震的地區，我們能期望看到什麼呢？

我們命中注定了以後會看到這些地方的，但是在參考過奧爾森的地圖後我發現我們已沿著海岸線避開了這些地方。在這個島的內部，確實曾發生過大規模的深層岩體運動，在接近地平線的地方鋪設著的火成岩。那些在北歐語言中被稱爲特拉普斯的重重疊疊的岩石，它們的水平面、粗面岩床，火山噴發出來的玄武岩、石灰岩，火山礫岩、溶岩流和溶合斑岩，形成了一種不可思議的可怕的地形。

此時，我還絲毫不知道斯奈弗半島上等候著我們的將是一幅怎樣的圖景，那由於地質構造留下的自然痕跡所形成的可怕混亂奇觀。

離開雷克雅畢克兩小時後，我們到達了一個叫做奧阿克夾，也就是主教堂所在地的基弗恩小鎮。這兒沒有什麼與眾不同的，僅有幾幢房子，這在德國只能被稱作是個小村莊。

在這兒漢恩斯停歇了半小時，他同我們一起享受了一頓經濟早餐，叔叔問他的有關地名的問題，他只回答是或不是，問他準備在哪兒過夜，他只說了兩個字：

「加丹。」

我查閱地圖尋找加丹在哪兒，不久就在赫瓦爾福特海岸邊找到了這個小小的村莊，距離雷克雅畢克十八英里，我將它指給叔叔看。

「只有十八英里！」他說，「一百冰島里中的四英里，多麼可憐的幾點路！」

他於是對嚮導說了些什麼，嚮導並沒有回答，走到馬隊前面，又出發了。

三小時後，我們仍然在牧場蒼白的草地上旅行，我們繞過柯拉峽灣，這樣前進比橫穿海灣稍微少一些麻煩。不久我們進入了一個名叫埃米爾堡的村鎮，如果冰島的教堂富到都能裝上一口鐘的話，禮拜堂的尖塔應該正敲十二點鐘。然而，跟它們沒有手錶的教徒一樣，沒有鐘的禮拜堂也照樣轉。

我們在這兒餵了馬，然後就走上了一條位於山脈和海洋之間的小徑，馬馱著我們直到布萊克的奧阿克峽，再往前走一英里後就抵達位於赫瓦爾海岸南面的阿尼克夏，朝北的附屬教堂。

現在是四點鐘，我們已前進了四冰島里，等於二十英里。峽灣至少有兩英里寬。海浪打在陡峭的岩石上發出澎湃的聲音，整個海灣都是一層層被微紅色的凝灰岩隔開的高達三百英尺的岩壁。無論我們的馬有多聰明，我也不想騎著四足獸穿過海灣。

「如果它們眞的聰明，」我說，「它們就不會試著去穿過海灣。無論如何，我想我得比它們聰明。」

但是叔叔拒絕等候。他催趕著他的馬來到海邊。這頭畜牲一聞到海浪的氣息就停住了。叔叔卻憑著他的本能，趕著它下水，這頭堅決拒絕下水的畜牲，搖著頭表示抗議。跟著叔叔又是咀咒又是鞭打，這馬就亂跳想把它的騎手從背上摔下去，最後它彎下膝蓋，從教授的胯下逃了出來，留下他站在兩塊岩石上，像是羅德島上的巨大石像。

「該死的畜牲！」這個突然成爲徒步者的騎士大叫，像一個騎馬的官員突然成爲一個嬰兒一樣紅了臉。

「擺渡。」嚮導碰碰他的肩膀用丹麥語說。

「什麼！船？」

「那兒。」漢恩斯指著一條小船回答。

「爲什麼不早說？好吧，上船！」

「Tidvatten。」嚮導說。

「他說什麼？」我問。

「他指的是『潮水』。」叔叔翻譯給我聽。

「也許他的意思是我們一定要等潮水？」

「非等不可嗎？」叔叔用丹麥語問。

「是的。」漢恩斯回答。

叔叔用腳輕輕打著地，這時候幾匹馬都朝著船走去。

我當然懂得要等到潮水漲到一定程度時才能渡過海灣，也就是說海水要漲到最高的時候。此時既不漲潮也不退潮，船既不能將我們帶到海灣的另一頭，也不能將我們送出海去。

好時辰一直到晚上六點鐘才來，叔叔、我、嚮導、兩位船夫和四匹馬上了那條看來很脆弱的擺渡船。由於我已經習慣易北河上那些擺渡船，我發現這兩個船夫的搖槳技術很差。我們花了一個小時才過了峽灣，但這次擺渡至少是平安無事。

半小時後，我們抵達加丹的奧阿克峽。

第十三章．好客的冰島人

此時應該是晚上了，但在緯度六十五度的地方，有如此長的白晝是不足為奇的。六、七月期間的冰島，太陽從來不落下去。

雖然如此，但溫度已經在下降了，我感到又冷又餓。當地的茅屋開著門歡迎我們。這是一所農民的房子，但就他們熱情的接待而論，我們簡直像是來到了國王住的宮殿。我們一到，主人就馬上出來和我們握手，無需費力地打手勢，我們就跟著他走了進去。

看來要和他並肩走是不可能的，一條又長又黑的狹窄過道直通向用粗糙的四方橫樑建成的房子，這條過道可以通向四間屋子的任一間：廚房、紡織間、主人的臥室和最好的一間客房。在蓋這所房子時沒有考慮到叔叔的身材，他的腦袋已不知有多少次撞在天花板的橫樑上了。

我們被帶到給我們的房間，這是一間大屋子，踏平的泥地，窗子的方格上糊著鋪開的不太透明的羊膜。床就是鋪在兩個刻有冰島諺語的紅漆木框子裡的乾稻草堆。我沒想到會有這麼舒適，唯一的缺點是房間裡充滿了乾魚、鹹肉和酸奶的濃烈氣味，這使我的鼻子，實在受不了。

當我們解下行李時，就聽到主人的聲音在邀請我們到廚房去。即使在最冷的天氣中，那也是唯一一間有火爐的房間。叔叔趕緊服從這個友好的命令，我跟著他。

廚房火爐是原始的樣子：屋子中間有一塊用作爐邊的石頭，屋頂上有一個洞是排煙的。這間廚房又兼作飯廳。

我們一進去，主人就說著「Saellvertu」向我們表示歡迎，這個詞的意思是「祝你快樂！」然後，他過來吻我們的臉頰，彷彿他以前沒見過我們似的。

他的妻子說了同樣的話，並也來了個同樣的儀式後，他們倆就把右手放在心口，低低地鞠了一躬。我得補充的是這個冰島女子是十九個孩子的母親，這十九個孩子大大小小的都擠在這被火爐弄得滿是煙霧的房間裡。每過一會兒，我都看到一個金髮卻帶著一臉憂慮表情的小腦袋在這煙霧旁出現，這令我想起一群沒有洗浴過的天使。

叔叔和我很友好地對待這些小傢伙，不久就有三、四個孩子爬到我們的肩上，還有一些坐在我們的膝上，其餘的就依偎在我們的雙腿中間，會講話的一些就用一切可以想得出的聲音說著「Saellvertu」，不會說話的則大聲叫嚷著。

這個音樂會不久就被宣布吃飯的聲音打斷了。這時我們的嚮導回來了，他剛剛餵完馬——實際上是他將這些馬放出去吃草，這些可憐的畜牲只好滿足於嶙岩石上稀少的苔蘚和瘦薄的海藻，第二天它們還得回來恢復自己的工作。

「Saellvertu。」漢恩斯說。

然後，他平靜主動且一視同仁地和主人、女主人，還有十九個孩子接吻。

當這些儀式結束後我們坐了下來，整整有二十四個人，而且簡直是一個壓一個的，最幸運的那位是膝蓋上坐著兩個孩子。

湯到的時候，一種對於冰島居民，即使是小孩來講都是很自然的靜默開始籠罩我們。主人將地衣（是菌類植物與藍綠藻植物的共生體）煮成的並不難吃的湯分給我們，然後是一大塊泡在已保存了二十多年的酸牛油裡面的乾魚。這種酸牛油比鮮牛油更受冰島人歡迎。此外還有一種加了餅乾和杜松漿調料的凝乳，喝的是被稱作「布倫德」的滲了水的薄牛奶。

這些古怪的飯是否有益於健康，我已不能夠判斷，我只能說我餓壞了，吃甜點的時候，我一直吃到喝完最後一匙麥湯。

晚飯一結束，孩子們就都不見了，年歲略大的聚集在燒著泥炭、羊齒、牛糞和乾魚骨的火爐旁，取暖後，就各自回房去了。按照慣例，女主人跑來幫我們脫襪子和褲子，由於我們婉言謝絕，她也不堅持，我終於鑽進了我的稻草床裡。

翌晨五點時，我們與這位冰島農民告別，叔叔花了半天功夫說服他接受一筆適當的酬金，漢恩斯已發出起程的信號。

離開加丹一百碼的地方，地面的形狀開始改變了，土地已成爲一片沼澤，行走更困難了。右面的山脈延續到無限遠的地方，看來有如一道天然的堡壘。我們沿著山的外崖走去，一路上不時遇到一些溪流，我們不得不淌水而過，並要小心翼翼才不致弄濕了我們的行李。

荒野越來越深，我們經常可以看見遠處有一個人影似乎要逃走。當蜿蜒曲折的小路突然把我們帶到這些恐怖的鬼影附近時，我猛然見到一個臃腫的乞丐，他那沒有一根毛的腦袋在陽光下閃閃發光，他的身上破爛的衣服的裂縫中露出可怕的膿瘡。

這個可憐的傢伙既不過來也不伸過他已變形的手，相反地，等不到漢恩斯對他說「祝你快樂」他就逃走了。

「痲瘋病！」他用丹麥語解釋。

「一個痲瘋病人。」叔叔重覆道，單單這個詞就令人生厭。可怕又痛苦的痲瘋病在冰島很流行。它不會傳染，卻能遺傳，所以這些可憐的傢伙被禁止結婚。

這些現象並不是故意要給這越來越淒涼的景象再添上一點沉悶。我們腳下最後的幾簇草已奄奄一息，除了幾棵矮得像灌木似的樺樹以外一棵樹都看不到。除了幾匹由於主人沒有飼料來餵它們而在野地上亂跑的馬，一頭野獸也沒有。時而可以看到鷹在灰色的雲間翱翔，迅速地飛向南方。我完全沉浸在這塊荒野地方所特有的淒慘景象之中，記憶又將我帶回了故鄉。不久我們穿過了幾條小峽灣，一個眞正的大峽灣，湖水漲得正是時候，一刻也不用停留，我們還要前進一哩，就可以抵達了阿爾芬斯的小村莊。

那夜，在通過滿是鱒魚和梭子魚的阿爾法和黑達兩條小河後，我們不得不在一所荒涼的小屋裡過夜，那兒荒涼得足以吸引北歐神話中的所有妖魔。冰雪之王自然也在這兒落腳，整個晚上它都在向我們顯示它的能耐。

第二天，沒有什麼特別之處：一樣的沼澤毫無變化，一樣的荒野。但在夜幕降臨之時我們已經走完了一半路程，當晚就睡在克勞沙爾勃特別的阿尼夏。

6月19日，我們在一塊溶岩地上走了大約一冰島里，這熔岩的表面部分叫做hraun（拉丁文），它的皺紋好像錨鏈，有時伸展出來，有時捲縮起來。山谷間有巨大的石瀑布垂下來，證實這些如今的死火山以前曾發生過劇烈運動。即使在今天，還常能看到蒸汽從一些熱噴泉中冒出來。

我們沒有時間去調查這些現象，我們不得不趕路，不久，我們的馬腳下又出現了那些有小湖交叉著的沼澤地。我們然後向西繞過法克薩港灣，斯奈弗的兩座白色山峰在五英里以外的雲端裡出現。馬一路不畏險阻地前進，我已經疲憊萬分，但叔叔卻還是像第一天那樣精神抖擻，我情不自禁地像對嚮導一樣，對他佩服得五體投地。他們將這次遠征看作不過是一次小小的旅行而已。

6月20日，星期六晚上六點，我們抵達保蒂爾海岸邊的村莊，漢恩斯在那兒向我們索取了說定的工資。叔叔和嚮導安居在一個地方，那是漢恩斯自己的家，他的叔叔和堂兄弟在這兒殷情地招待了我們。我們得到極好的照料，不用這些友善的人們要求，我非常樂意與他們待在一起以復元我疲倦的身體。然而叔叔他既無疲勞需要恢復，也根本聽不進這方面的理由，第二天一早我們又一次騎上了我們忠實的馬。

地面已顯露出了山的基部，它的花崗石山根像老橡樹的根那樣伸出地面。我們正在接近火山巨大的基地。叔叔一刻也沒有移開他的目光，手舞足蹈地彷彿在向這座山進行挑戰似地說道：

「這就是我所要征服的巨人！」

最後，又走了四小時後，馬自動停在了斯丹畢的牧師公館門前。

第十四章・最後的辯論

斯丹畢是由三十間左右的茅屋組成的小村莊，建造在經常可以享受到從火山上反射回來的陽光的熔岩上，一直伸展到被淌成奇形怪狀的玄武岩壁遮住了的小峽灣上。

衆所周知，玄武岩是起源於火成岩的棕色岩石，它的形狀整齊得令人吃驚。在這裡，大自然用她的三角規，羅盤和鉛垂線，合乎幾何學邏輯地工作著。如果說她在別的地方用藝術大手筆製造了一片雜亂無章的景象，並設計了圓錐體或不完備的角錐體的話，那麼她在這裡卻要創造有規則的例子，搶在人類最早的建築師之前。她所造成的一切都是那麼簡潔、純正、樸素，即使是巴比倫建築的豪華和希臘的奇觀也不能比擬。

我自然聽說過愛爾蘭的巨人堤道和蘇格蘭西部群島上的芬葛爾山洞，卻從來沒有見過玄武岩的結構形狀。在斯丹畢這種壯觀卻展示在我的面前。

岩壁圍住了峽灣，半島上整個海灣都是一行行三十英尺高的柱狀物。這些筆直而勻稱的柱子支撐著平放著的橫樑，橫樑的影子正好射在柱子上，並伸出到海面。在這個自然的屋頂下，眼睛看到的是美麗的弧形大門，海浪在那兒洶湧著。一些被海洋裡的怒濤衝擊上來的玄武岩都躺在海岸上，像是古代寺廟的廢墟，看起來永遠年輕的廢墟，年輕得似乎沒有留下絲毫幾世紀歲月的痕跡。

這是我們在地面上最後的旅行，漢恩斯已經盡了他最大的能力將我們帶到這兒，我認爲他還會繼續跟我們在一起。

一到牧師那所很低的，並不比它的鄰宅美觀、舒服的房子門口，我看到一個正手拿錘子，腰上圍著皮圍裙的人在給一匹馬打馬蹄鐵。

「祝你快樂！」嚮導用丹麥語說。

「你好！」鐵匠用純正的丹麥語回答。

「牧師。」漢恩斯轉向叔叔說。

「牧師！」後者重覆道，「這看起來，阿克塞，這個友善的人是位牧師。」

此時嚮導正對牧師解釋我們的情況。牧師停下手中的活，大喊了一聲，這種喊聲無疑是馬和馬販子間常常在使用著。立刻，一個高大的，看來很潑辣的女人從小屋裡出來。她的身高即使不到六英尺，也肯定不會比六英尺矮多少。

我怕她也會對所有的旅行者來一番冰島式的接吻，但她什麼都沒有做，並且也不是很熱情地邀請我們進屋。

會客室是牧師的房間中最糟糕的一間，又小又髒，還有一股怪味道。然而，我們不得不忍耐一下。牧師看來不像會來一番傳統的客套——根本沒有這個意思。一天下來，我發現我們在一位鐵匠、漁夫、獵手、木匠，而不是在和一位上帝的臣僕打交道。顯然今天是個普通日子，也許在星期天他會有所不同吧！

我並不想說這些可憐的牧師們的壞話，畢竟他們的生活也是很清苦的。他們只從丹麥政府得到一點很少的津貼，從教堂裡僅得到四分之一的收入，全部收入也不過一年六十馬克或四英鎊而已。因此，他們需要為他們的生活工作，然而在為養家糊口而捕魚、打獵和釘馬蹄鐵一段時間後，他們的言語、舉止等習慣也變得跟獵人、漁夫和其他粗野的人沒什麼兩樣了。當晚我就注意到我們的主人並沒有把節制飲食這一項，列為他應遵守的道德之一。

不久，叔叔也知道了他到底是怎樣一種人，既不友善也沒有教養。他面對的是一個下等的、俗不可耐的農民。他於是決定離開這冷漠的牧師公館，繼續開始他偉大的遠征。不顧自己的勞累而斷然決定往山上去。

因此，我們在抵達斯丹畢的第二天就準備起程。漢恩斯雇了三個冰島人來代替馬幫我們搬運行李，但我們已約定一到火山口，這些當地人就回去，留下我們自行設法。

此時，叔叔不得不將他要到盡可能可以到達的火山的最深處去堪探的意圖，向我們的嚮導說明了。

漢恩斯只是點點頭，到那兒或其他地方，深入島的內部或只在島的表面走走，對他來講都是一樣的。至於我已經被旅途上發生的一些事弄得心煩意亂，多少已忘記了將來會是如何，而現在恐怖再次折磨著我。但我又能做什麼呢？早在漢堡我就抗拒過李登布克教授了，而不是在這斯奈弗山腳下。

有一種想法比其它任何想法更令我擔憂——一種可怕的想法，足以動搖比我更堅強的神經。

「讓我想想，」我自言自語，「我們要開始攀登斯奈弗山。好，我們將要由火山的火山口下去。哦！已經有人做到這件事並活著回來告訴我們他的故事。但這還沒完。要是我們能找到一條小通道通向地心，要是那個活該倒楣的薩克努尙說的是眞話的話，我們就會在這火山的地下坑道中迷路。還沒有什麼可以證明斯奈弗是死火山，我們如何能肯定隨時都不會發生爆炸？僅因爲這個巨魔從一二二九年以來一直沉睡著，就可以說它永遠不會再醒嗎？萬一它醒了，我們會遭到怎麼樣的下場呢？」

這是一個值得謹愼考慮的問題，我也眞的開始思考了。我幾乎一合上眼就會夢到爆炸，我想得越是多，這種和火山熔岩一起玩的想法越不合我的意。

最後我忍無可忍了，我決定盡可能巧妙地用假設的形式向叔叔說我的問題。

我找到他告訴他的擔憂，並後退幾步給他留下一些可以容納其怒火的空間。

「我也正在思考這方面的問題。」然而，他僅僅回答了一句話。

他說這些話是什麼意思？現在他眞的準備聽我講道理了？他有沒有想過放棄他的計劃？要是這一切是眞的就太好了！

他靜默了幾分鐘，我不敢問他任何問題，然後他繼續說道：

「我正在考慮這方面的問題。我們一到斯丹畢，我就考慮到你剛才對我說到的這個重要問題，我們不能魯莽行事。」

「當然不能！」我強調說。

「斯奈弗已經沉寂了六百年，但它隨時都可能復蘇。爆炸之前，總是先出現一些很明顯的先兆。爲此我已問過當地的居民並檢查過地面。我可以向你保證，阿克塞，爆炸不會發生。」

這個強有力的宣布，使我一下子驚駭得說不出話來。

「你相信我嗎？」叔叔說，「那麼好吧，跟我來。」

我默默地服從了命令。離開牧師公館，教授走上了一條直通向海的玄武岩的小徑。不久我們就來到了一片開闊的野地——要是有人肯這麼稱呼這個寬闊無限的遍地是火山破壞物的碎片的地方。地面看上去彷彿是被一場由火成岩、玄武岩、花崗岩和其它火成物質組成的大岩石雨擊平了似的。

到處都可以見到有白色的氣體升入空中，這些被冰島人稱作reykir的蒸汽來自於熱流，這種狀況說明了此地火山活動的情形。這似乎證實了我的擔憂，特別當叔叔開口對我說出下面幾句話時，我一下子沮喪起來了。

「看到這些蒸汽了嗎？阿克塞？好，這證明了我們無需害怕火山爆發。」

「我不明白，那依據是什麼？」我說。

「聽著，」教授繼續說，「快爆發的時候，這些蒸汽活動應該更厲害，然後全部消失。因爲這些壓抑著的氣體一旦失去壓力就都從火山口逃走了，而不會利用這些裂口。這時候如果蒸汽情況正常，而且能量不增加，如果你注意到風和雨沒有被一種沉悶而靜止的空氣所代替，那麼你可以斷定不會發生爆炸。」

「可是……」

「夠了，科學的結論說了話，我們就應該聽從。」

我意氣沮喪地回到牧師公館，叔叔已經用他科學的論證打倒了我。不管如何，我唯有一線希望，就是希望當我們到火山口時，將發現那兒根本沒有路，因而世界上所有的薩克努尚們都不可能下到深處。

那夜我做了一個可怕的夢，我夢見我正陷於火山深處，像一塊爆炸出來的岩石似地從火山裡射到星際空間。

第二天是6月23日，漢恩斯和他的那些身上裝滿了糧食、工具和儀器的同伴已經等著我們。兩根包鐵棍、兩支來福槍和兩套子彈袋是留給叔叔和我的。細心的漢恩斯還給我們準備了一皮袋水，加上我們的水瓶，足夠我們喝上一星期。

早上九點時，牧師和他那位高大的妻子等在門口。我們以爲他們想與我們作一次友好的告別，可這次告別他們採取的形式是一張什麼東西都塡上了的笨重的帳單，包括我們在這田園的房子裡所呼吸的甚臭的空氣。這使我們聯想到類似瑞典看守人的綁票，他們居然給如此「名符其實」的客氣招待，冠以這樣高的價格。

叔叔沒有還價就付了錢，一個要往地心去的人，是不會太介意這幾塊錢的。

帳單付清以後，漢恩斯表示要走了，幾分鐘後我們已經離開了斯丹畢。

第十五章・斯奈弗山頂

斯奈弗高達五千英尺，它的雙峰在島外圍的一些粗面岩石帶中構成至高點。從我們的出發點無法從灰色的天空背景中看出它的兩座山峰。

我可以看到的就是一大片雪，遮住了巨人的本來面目。

我們列成單行前進，嚮導帶頭，他挑選不可能讓兩個人並肩走的小徑走，因而彼此要談話簡直是不可能的。

通過斯丹畢峽灣的玄武岩壁後，我們首先到達一片纖維性泥岸田，這是從前半島上的沼澤地植物的遺跡。這種還沒有被用過的相當數量的燃料足以供冰島全部人口取暖一個世界，這一大片估計源出某些峽谷的泥炭田，許多地方有七十英尺深，露出一層接一層的被大塊浮石或凝灰岩分隔開的植物炭化痕跡。

作為李登布洛克教授的侄子，不管我如何焦慮不安，還是會忍不住對這個自然的歷史博物館裡的礦石珍品進行觀察，同時我扼要地回憶起冰島的全部地理史。

這個奇特的島，很明顯是在較近的時期從海底深處升上來的。也許它目前仍在以一種不易覺察的速度上升。要眞是那樣，它的起源只能歸因於地下岩漿的活動，這樣什麼亨福萊．大衛的理論、薩克努尚的文件和叔叔的想法全都泡湯了。有了這個假設我就更仔細地觀察土地的性質。不久，我就發覺了在這個島嶼形成過程中發生的一些主要現象。

冰島完全沒有沖積過的凝灰岩土地，它完全是由火山岩組成的，就是說由一大堆石塊、山石堆積而成。在火山存在之前，它是由暗色岩石構成，因受中心力的推動而慢慢露出水面。此時，它內部的火漿還沒有完全噴發出來。

但後來，由於在島的七南面到東北漸漸產生了一條極寬的斜向縫隙，岩漿就從這個縫隙中一點點湧出來。在這一階段還沒有發生劇烈的爆炸現象。可後果卻是頗驚人的，這些岩漿大量湧出，慢慢地向地面四周漫溢開去，造成有些地方是平整的，有些地方卻是高高隆起的，這個時期內還出現了不少巨石、花崗石和雲母石。

謝天謝地，由於這個島上的地層在漸漸加厚，抵抗力也跟著增強，很容易想像出當這些相當數量的氣體在地球表面下堆積起來，並當這些溢出來的岩漿冷卻之後，那條裂縫就被封住了。接著，這些氣體的爆炸力終有一刻會大到足以抬升起厚重的岩殼，最終通過煙囪似的地下通道噴出地面。於是地殼抬升形成火山，山頂上被爆發物衝破的窟窿就形成了火山口。

火山爆發的現象就這樣代替了岩漿的漫溢。最初，在這新形成的火山中噴出來的都是些熔化的玄武岩，就是我們正在穿過的這個坑道的組成物，我們走過那些堅實的深灰色的由冷卻後的熔化物所形成的六角形稜柱岩石。在遠處我們可以看到大量平頂的圓錐形岩石，都是以前的火山噴出物。

熔化的玄武岩噴射完後，由於較小的火山口熄滅了而使大火山口的噴發更有力量，從火山口噴出岩漿灰和礦渣，可以看到它們在火山口的四側留下的一條條散射的痕跡，好像一簇濃密的捲髮。

這就是冰島的全部形成過程，地球內部的熱量在整個過程中起著主導作用。所謂地球內部的物質不是以一種灼熱的液態形式存在的，只能是一種假想，而要到地心中去就更加荒誕不堪了。

當我們向斯奈弗山頂爬去時，我得出的結論令我倍感安慰。

路變得越來越難走了，地面一直向上伸展著，一些石頭被碰斷會往下掉，我們只有極度小心地避開這些危險的石頭。

漢恩斯如走平地般健步前進，他時而在一大塊木頭背後消失，且有一段時間消失在我們的視線之外，但他會從唇邊發出一陣尖銳的口哨聲，告訴我們該走哪條路。他也常常會停下，拾起幾塊石頭，將它們排成一條可以辨認的式樣，以協助我們認識回來的路。這樣的預防本身當然是好的，可是也許將來我們根本用不上這些路線了。

三小時疲憊的跋涉僅將我們帶到山腳下。漢恩斯建議休息一下，而後我們享用了一頓簡單的早飯。叔叔狼吞虎咽吃得很快。然而這次停留既是爲了吃飯，也是爲了休息，他不得不等到一小時後，漢恩斯才心滿意足地發出信號帶我們出發。三個冰島人和我們的嚮導一樣沉默寡言，一路上，一言不發且吃得很少。

我們開始攀登斯奈弗的斜坡。這山頂上鋪滿了積雪，人在山中往往容易產生錯覺，這雪峰看來似乎近在咫尺，但要抵達那兒不知還要多少時間！那些既不跟泥土也不跟草依附在一起的石頭，不斷以雪崩的速度衝落到下面的平原上。

在某些地方，山的斜坡和地平線所造成的角度至少有三十六度，這使攀登成為不可能的事，我們只得沿著邊緣上那些陡峭且多石的斜坡向上爬。途中，我們依靠著棍子互相幫助。

我有必要說的是，叔叔一直盡量留在我身邊，他從來不讓我跑出他的視線範圍，他的手臂數次給予我有力的支持。至於他自己，他顯然天生有一種保持身體平衡的能力，因為他從來沒有跌過一跤。那些冰島人，儘管身背那麼重的行李，卻仍像是生來就是爬山者那樣輕快敏捷地向上爬。

我判斷了一下斯奈弗山頂的高度，我認為抵達那兒簡直不可能，除非斜坡不像現在那樣陡峭。很幸運地，經過一小時令人心悸的努力，並戰勝困難後，在蓋滿火山肩部的一大片積雪中間，出人意料地出現了一條階梯似的東西，這使我們的攀登一下子輕鬆不少。這是由火山爆發時噴射出來的被冰島人稱為「斯丹那」的石塊洪流形成的。要是這洪流沒有形成山中這形式的山路的話，它便可能下到海裡形成新的島嶼。

這條山路給了我們極大的方便。斜坡的陡峭程度仍在增加，可是這些石階使我們毫不費力地登上了山，而且行進速度可以快到我只要稍微停一下，我的仍在趕路的同伴便在我視野中變得極其微小了。

晚上七點時，我們已經在這個梯級上爬了兩千級。我們發覺自己已經站在一塊山上的圓丘上面，可以說陷口盡端的圓錐體就是從這塊圓丘上升起的。

下面的海有三千兩百英尺寬，我們已經過了永久積雪線，由於氣候常年濕潤，冰島的雪線並不高。非常冷，風刮得也很猛。我已精疲力盡，教授看到我的雙腿快支撐不住時，決定克制住自己迫不及待的心情而停下來，並打手勢示意嚮導也停下來，可是漢恩斯搖搖頭說：

「上去！」

「看來我們還得再上去。」叔叔說。

然後，他問漢恩斯爲什麼。

「Mistour。」嚮導用丹麥語回答。

「Ja, mistour。」三個冰島人中的一個也用恐懼的口吻重覆道。

「這些詞是什麼意思？」我好奇地問。

「看！」叔叔說。

我往下看著草原，一條夾雜著浮石、沙粒和塵土的柱狀物像海在捲似地旋轉著上升，風將它吹向斯奈弗的邊緣，也就是我們停留的地方。這塊不透明的位於我們和太陽之間的屏風在山上投下一個很大的陰影。要是這個龍捲風朝我們吹來，我們就會不可避免地被捲入這陣旋風。當風從冰河上吹起來時，冰島人管這種很平常的現象叫做「mistour」。

「Hastige, Hastige！」嚮導喊道。

雖然我不懂丹麥文，但也知道漢恩斯是要我們盡快地跟住他，嚮導開始從圓錐的邊緣向上攀登，這樣上去比較省力。不久塵爆打在山上引起一陣震動使整座山搖撼；被龍捲風捲起的石子彷彿火山爆發似地像雨點一樣打在地上。幸運的是我們正好站在對面才倖免於難。如果沒有嚮導的小心，也許我們被打得血肉模糊的屍體，化爲灰塵，像一些不知名的隕石一樣，跌到後面很遠的地方。

漢恩斯認爲在圓錐形山的邊緣上過夜是極其愚蠢的，我們只得繼續沿著曲曲折折的山路向上攀登，花了將近五個小時才爬過一千五百英尺高，加上改換方向和倒退的路，總計至少有七英里。我再也站不住了，而且飢寒交迫令我十分衰弱，稀薄的空氣，已不夠我的肺受用了。

最後，在晚上十一點，天色最暗的時候，我們抵達了斯奈弗山頂。在火山口過夜之前，我還有時間看看午夜的太陽，在地平線上的最低點將它那暗淡的光芒，射到我腳下沉睡著的島上。

第十六章・在火山口裡

很快吃完晚飯後，我們幾個人便安頓下來。床很硬，斯奈弗山岩石的質地並不好，在海拔五千英尺以上的地方，環境極不舒服。然而，那夜我睡得相當熟。比以前任何一個晚上都睡得好，甚至沒有做夢。

第二天，我們一醒來就被那凜冽的風吹僵了，但是陽光很晴朗。我從我的花崗石床上爬起來，就跑去享受眼前輝煌的景色。

我站在斯奈弗偏南的一個山峰頂上。從這裡可以看到島的大部分景色。由於極高處所產生的光學效應，海岸看來比島中心部分要高一些。我腳下彷彿是一張被放大了的赤爾本斯墨的模型地圖。我可以看到相連的深邃的山谷，挖空的懸崖彷如一口井，湖泊連著池塘，河流連著小溪。在我的右邊是一連串數不清的冰河和山峰，一些山峰的四周圍著一圈朦朧的煙霧。那無邊無際的連綿不斷的山巒上的積雪像是泡沫，使人聯想起波濤洶湧的海平面。如果朝向西南，就可以看到一片汪洋大海展示著一片壯觀，像是與泡沫似的山連接在一起，勉強才能辨出哪是陸地的盡頭，哪是海浪的始端。

我心醉神迷於這在大山峰上才能看到的壯麗景色，一點也沒有暈眩，因爲我終於開始習慣這種雄偉的俯瞰了。我繚亂的目光投到那一道道透明的陽光中去了，忘了我是誰，忘了我身在何處，我彷彿是北歐神話中的精靈和風神。事實上，我已迷醉於站在這高處的快樂情緒了，忘記了自己注定不久就要陷入這深淵中去。然而教授和嚮導的到來將我帶回現實世界，他們和我一同站在山頂上。

叔叔轉向西面，指給我看那明亮的水蒸氣、霧或升起在海平面上的陸地。

「格陵蘭島。」他說。

「格陵蘭島？」我大叫。

「是的，我們離開那兒只有一百英里，融雪時期北極熊會從格陵蘭島上隨著流冰飄到這裡。別管它，我們正在斯奈弗山頂上，這裡有兩座山峰，一座朝南，一座朝北。漢恩斯會告訴冰島人如何稱呼我們現在站著的那座山峰。」

問題剛提出來，嚮導就回答說：

「斯加丹利斯。」

叔叔揚揚得意地瞥了我一眼。

「現在到火山口去！」他說。

斯奈弗的火山口是一個倒圓錐，開口處直徑長約一英里。我估計它的深度約有兩千英尺。你可以想像得到這個容器內如果充滿了雷電和火陷，它的內部情況會如何。這個圓筒底部的圓周不大於五百英尺，因而它的斜坡很和緩，我們可以很容易地進入它底部。我下意識想起一種很大的漏斗狀大口徑短槍。這種比喻使我感到毛骨悚然。

「下到槍口裡去，」我想，「要是它正好裝著子彈，那麼只要輕輕一碰，我們就會被打出去，這絕對是瘋子才會的事。」

然而，我已無回頭路可走。漢恩斯不經心地走在前面，我一言不發地跟著他。

爲了便於下去，漢恩斯描述了在這圓錐體裡的路線，我們在噴發出來的岩石中間走著，一些石頭由於洞口受到震動，跌落到深淵底部去，發出異常響亮的回聲。

在圓錐體的某些地方有著冰層，漢恩斯極小心地繞過它們，熟練地用他的鐵棍去觸觸看有沒有裂縫。在可疑的地方我們不得不用一條長的繩子將彼此連接在一起，以防萬一我們之中的某一個不小心失足，可以被他的同伴拉住，這是個很慎重的預防辦法，但也不能排除所有險情。

可是，不管從這條對嚮導來說也很生疏的斜坡下去是如何艱難，我們畢竟成功了，除了損失一捆從三個冰島人中的一位手中掉下去的繩子之外，沒有發生什麼意外。我們走上了一條通向深淵底部的最短的路徑。

中午時分，我們就到達了目的地。我抬起頭看圓錐上面的孔，它的邊緣劃出一個大大縮小了卻圓得幾乎毫無缺陷的天空。就在這一點上，斯加丹利斯的山峰升入雲霄。

在火山口的底部出現了三條小道。斯奈弗山爆發時，噴出的熔岩和蒸汽就通過這三條坑道，這些坑道的每一個直徑都約有一百英尺。它們在我們腳下開著口，我決計是不敢看的，但李登布洛克叔叔已很快查勘了所有的小道，他氣喘吁吁地從這條小道跑到另一條，打著手勢，嘟噥著一些莫名其妙的話。漢恩斯和他的同伴坐在一排排的熔岩上，看著他跑來跑去，顯然當他是個瘋子。

忽然叔叔發出一聲驚叫，我以爲他大概失足掉進了這三條坑道中的一條。然而並非如此——我看到他張著手臂、將腿分得很開，站在一塊位於陷口中間的花崗石面前，那塊石頭像是閻王神像那龐大的像座。他的表情異常驚駭，但不久就被一種不可抑止的快樂所代替。

「阿克塞！阿克塞！」他叫，「來，到這兒來！」

我跑到他那兒。漢恩斯和幾位冰島人卻動也沒動一下。

「看！」教授說。

之後，不是如他那樣高興就是如他那樣驚奇，我在石塊的西南上讀到幾個由於年代久遠而剝蝕了的盧尼文，這是那最該被詛咒的名字：

「阿恩·薩克努尚！」叔叔叫道，「現在你還有什麼可懷疑的？」

我無言以答，狼狽地回到我的熔岩座位上，我已被這個證據擊敗了。

我自己也說不出來我到底沉思了多久。我只知道當我抬起頭來時，火山口底下只有叔叔和漢恩斯。那三個冰島人已被辭退，他們現在正沿著斯奈弗外面的斜坡向下走，回斯丹畢去了。

漢恩斯平穩地睡在熔岩流裡的一塊岩石腳下，他在那兒爲自己搭了個臨時鋪位，當叔叔正在火山口底下有如一頭被捕獸器夾住的野獸那樣打轉時，我既不想起來，也無力起來，學著嚮導的樣子，我將自己埋入這並不愜意的瞌睡中。朦朧中彷彿可以聽到什麼聲音，感覺到山的一邊似乎正在震動。

在火山口的第一夜就這樣過去了。

第二天，懸掛在圓錐頂上的天空是灰暗、多雲而又低沉的。我注意到這點並不是由於陷口的漆黑，而是叔叔的大發雷霆。

我明白是怎麼一回事，一種希望又在我心中閃亮。我先解釋一下。

我們腳下這三個洞口中，只有一個是薩克努尚選擇過的。據這位冰島的學者稱，根據密碼所提到的情況來看，斯加丹利斯的影子要到六月的最後幾天才能射到火山口邊緣上。實際上那個尖峰被看作一個日晷，它的影子會在某一天指出通向地心的道路。

現在，要是陽光消失，就不會有影子，當然也就無所謂指引了。現在是6月25日，要是天空在六天內仍如此陰暗，考察就不得不推延到下一年。

我也不想描述李登布洛克教授那種毫無用處的怒氣。日子一天天過去，火山口底部卻仍未出現影子。漢恩斯無動於衷地坐在他的位子上，按理他應該奇怪我們正在等什麼——要是他過去曾對什麼事好奇過的話。

叔叔一次也沒有和我講過話，他的視線永遠伸向著天空，消失在灰暗的天空深處。

26日，還是不見陽光，反而下了一天冰雹。

漢恩斯用熔岩蓋了一間小屋。我看著圓錐邊上數不清的小瀑布急流而下，倒也感到有趣，這些瀑布打在石頭上發出震耳欲聾的聲音。

叔叔再也容忍不了，如此情況足以激怒任何一位比他有點耐心的人。因爲這等於是爲山九仞、功虧一簣。

然而，上帝常常將大喜與大悲交織在一起，他已替李登布洛克教授預備著能與他的焦慮和絕望相匹配的喜悅。

第二天，天空仍是多雲，但是在6月28日，星期日，也就是這個月的倒數第三天，月亮起了變化，太陽將它的光芒施給火山口。

每一座丘陵、每一塊岩石、每一塊石頭、每一件粗糙的東西，都分享著溫和的陽光，並且立刻將它們的影子投到大地上。在它們中間，斯加丹利斯的影子也像銳利的刀口一樣伸出來，開始跟著太陽一起緩緩移動。

叔叔追隨著它。

中午，當影子的路線最短的時候，它柔和地撫摸著中間洞口的邊緣。

「那兒！」叔叔大叫，「那兒！通向地心的路！」他又用丹麥語加了一句。

我看著漢恩斯。

「Forut！」嚮導平靜地說。

「向前走。」叔叔回答。

此時正是下午一點十三分。

第十七章・開始真正的旅程

眞正的旅程開始了。到目前爲止，我們的行動都還進展得算是順利，現在這後半部分的旅程，才是每走一步都會遇上困難的吧！

我都還沒有往下看過那即將進入的無底洞，時辰卻已來到。我不但可以棄權，還可以拒絕參與，但我羞於在嚮導面前打退堂鼓。漢恩斯面對冒險是那樣泰然自若，那樣毫不在乎，甚至完全不顧可能會發生的危險，當我想到我的勇氣不如他時，臉也會紅了。要是我一個人的話，我一定會提出一大堆老理由，然而與漢恩斯在一起，我只有沉默。我邊在記憶中召喚著我那可愛的維爾蘭女孩，邊走向噴煙口。

我已說過這個噴口直徑有一百英尺，圓周有三百英尺長。我斜靠在一塊凸出的岩石上往下看，我的頭髮都豎了起來。這令人神魂顛倒的空虛感，襲上了我的全身，我感覺到我的重心在移動，像是喝醉了酒似的，頭也暈了。沒有什麼東西比這無底深淵的吸引力更令人難以抗拒了。當一隻手將我拉回來時我已快跌下去了，那是漢恩斯的手。顯然我在哥本哈根教堂頂上受到的「看深淵訓練」還沒有到家呢！

雖然如此，不管我的觀察有多麼簡單，可我已經看出它的形狀了。這條煙囪那幾乎筆直的壁上有數以萬計的凸出的部分，這使我們很容易往下走。但是如果這算是樓梯的話，扶欄就沒有了。一條繩子拴在入口處邊緣，就可以幫助我們下去。然而，我們到達另一端時又如何解開它？

叔叔僅用了一個很簡單的方法就解決了這個問題。他解開一捆約有大姆指般粗細，四百英尺長的繩子。起初他放下一半，在一塊堅硬的凸出的熔岩上繞了一圈，再放下另一半。我們中的每一位都能抓住這繩子的兩半下降，繩子不可能解開。當我們下到二百英尺時，便放開一半，拉住另一半，沒有什麼事比取回所有的繩子更容易了。這種辦法可以無限制地重複下去。

「現在，」叔叔做完了這番準備工作後說，「我們來看看行李，我們要將它分成三包，每人背一包。我只是指那些易碎的東西。」

教授顯然沒有將我們也算在那個形容詞下面。

「漢恩斯，」他繼續說，「你將負責管理工具和一些乾糧。你，阿克塞，拿另外第三包乾糧和武器，我則帶剩下的乾糧和精緻儀器。」

「但是，」我說，「誰帶衣服下去，還有一堆繩索和梯子？」

「它們將自己下去。」

「什麼意思？」我問。

「你會明白的？」

叔叔喜歡憑藉他的烈性子手段辦事，而且從不猶豫。聽從他的命令，漢恩斯將所有不易碎的東西打成簡單的一包，用繩子牢牢地捆住，將它們全部扔進煙囪口。

我聽著空氣移動時發出的又響又急的聲音。叔叔靠在深淵旁，滿意地看著他的行李下降，當它已從視線中消失後，他還站著。

「好！」他說，「輪到我們了。」

現有我問一下任何一位老實人，聽到這些話時能不驚駭嗎？

教授將放有儀器的包背在背上，漢恩斯背起裝有工具的那包，我的包則是裝有武器的。我們開始依次下降：漢恩斯、叔叔和我。此時周圍極度安靜，只有小石子掉下深淵的聲音擾亂了這一片寂靜。

我下降著，應該敘述一下，我用一隻手緊緊抓住兩根繩子，另一隻手拿著一根尖頭包鐵的棍子以支撐身體。有一種念頭占據了我的思想——恐怕那堆吊著我的石頭會坍塌，我認爲那根拴著的繩子不可能支撐三個人的重量。我盡可能少用它，奇跡般地試圖用腳像手一樣，抓牢在凸出的熔岩上以完成平衡。

不論何時當漢恩斯的腳滑了一步，他都以一種平靜的聲音說：

「Gif akt！」

「小心！」叔叔重覆道。

半小時後，我們已站在一塊緊聯煙囪壁的岩石表面上。

漢恩斯拉住了繩子的一頭，另外一頭飛入空中，繞過煙囪口頂上凸出的岩石後又落了下來，跟著下了一場危險的像是冰雹似的石頭、熔岩碎片雨。

斜靠在我們狹窄的小平台的邊緣上，我觀察到這個洞仍是望不到底。

繩子的運動又開始了，半小時後我們又下降了另外二百英尺。

我懷疑在下降過程中，這位最熱情的地質學家是否還在研究周圍岩石的成份。至於我，我知道我沒有費腦筋去注意它們：管它是鮮新期、中新期、始新期、白堊紀、侏羅紀、三疊紀、二疊紀、石炭紀、泥盆紀、志留紀或原古代。

然而，教授卻顯然在觀察、在研究，因爲暫停休息時他對我說：

「我越向前走，我越感到有信心。這火山構造規律完全符合大衛的理論。我們正在最原始的地層上，這裡發生過金屬和空氣燃燒、和水接觸而產生的化學變化。我完全不同意地心熱的說法。無論如何，我們以後會看到的。」

他的結論總是這個。我有點佩服了，也無心再與他爭論了。我的沉默已被當作是同意的表現，這時下降又開始了。

三小時後，我還是沒看到煙囪的底部。當我抬起頭時我看到上面的洞口越來越小。兩旁的岩壁微微傾斜著，因此正在彼此靠近。光線漸漸暗了下來。

我們仍在下降。看來掉下去的石頭，因撞擊而發出的沉悶的聲音說明它們不久就到達了底部。

我仔細地計算了一下我們運用繩子的次數，我可以正確地算出我們已經到了多麼深的地方，而且用了多少時間。

我們已重覆了十四次這種方式，每次半小時，共用去了七個小時，加上休息用去的十四刻鐘或三個半小時，一共十個半小時。我們是一點鐘開始下降的，因而現在應是十一點。至於我們到達的深度，一根二百英尺長的繩子用了十四次，一共應該是二千八百英尺。

這時漢恩斯叫道：

「停一下！」

我趕緊停下，腳差一點踏在叔叔頭上。

「我們已經到了。」他說。

「哪兒？」我問，在他旁邊滑了下去。

「到了那個垂直的煙囪的底部。」

「是不是沒有路出去了？」

「是，我只能看到一條斜向右邊的小路。我們明天可以看出來，先吃晚飯吧，然後睡覺。」

現在還沒有完全暗下來，我們打開乾糧袋，吃完飯，就盡量在那些岩石和熔岩狀的床上睡下。

我仰面躺著，睜著眼睛，看到這長達三千英尺的猶如一個巨大的望遠鏡的管子盡頭有一點亮點。

那是一顆不閃耀的星星，按照我的結論，一定是小熊星座。

然後，我睡著了。

第十八章・海平面一萬英尺以下

早晨八點鐘時，一線陽光將我們照醒了。熔岩壁上的無數個小平面將那線陽光反射下來，發出一道耀眼的亮光，這亮光足以使我們分辨出周圍的東西。

「哦，阿克塞，你對這一切還有什麼想法？你在科尼斯的家裡曾度過比這更安寧的夜晚嗎？沒有車駛過的聲音，沒有小販叫賣他們的商品，也沒有船夫的叫喊！」

「噢，在這古井底下是夠安靜的，但靜得可怕。」

「來！」叔叔叫道，「要是現在你已經害怕了，過些時又會如何？我們還沒有穿過地球內部一英寸呢。」

「你這話是什麼意思？」

「我的意思是我們僅僅到達了島的底部，這條長長的垂直的管道，始起斯奈弗火山口、終端大約在海平面。」

「你敢肯定嗎？」

「當然，看著氣壓針。」

我們下降時一直在上升著的水銀，現在的確停在29英尺上面。

「你看，」教授繼續說，「我們只有個大氣壓的壓力，我正等待著不得不用流體壓力計來代替氣壓計的時候。」

這個儀器一俟空氣的重量超過它在海平面的壓力，就會眞的失去作用。

「但是，」我說，「這不斷在增加的壓力會不會令我們受不了？」

「不會，我們將慢慢下去，我們的肺會逐漸習慣於在密度更大的空氣中呼吸。飛行員飛到高空時只得到稀薄的空氣，我們則太多了。但是如果兩者選一，我情願要這一種。別浪費時間了，我們事先扔下的包裹在哪兒？」

我這才記起昨晚我們曾經尋找過它。叔叔去問漢恩斯，漢恩斯用他獵人般的銳利的眼睛向周圍搜尋了一遍後，回答說：

「在那上頭！」

「在那上頭。」

這是眞的，那隻包裹正勾在離我們頭頂大約一百英尺的一塊凸出的岩石上，這位敏捷的冰島人立即像貓一樣爬了上去，幾分鐘後，那隻包裹裏就回到了我們手裡。

「現在，」叔叔說，「吃早飯，記住我們面前還有很長一段旅程呢！」

我們喝了幾口含有少許杜松子酒的水，掃光了餅干和肉。

吃完早飯後，叔叔從口袋裡拿出一本小筆記本作科學記錄。

他一件一件地拿起他精密的儀器，記下了下面的記錄：

六月二十九日，星期一
時辰表：早晨八點十七分
氣壓計：29英尺7
溫度計：6度
方向：東南東

從羅盤上得到的最後這項觀察結果，意味著我們將要進入叔叔指給我看的那條黑暗的坑道了。

「現在，阿克塞，」教授用一種熱烈的聲音叫道，「我們將眞正進入地球底部，這是我們的旅程開始的確切時間。」

叔叔邊說邊一手拿起他掛在脖子上的路姆考夫電線，另一隻手將在接在燈絲上，一道雪亮的光芒立刻刺穿了坑道的黑暗。

漢恩斯拿起另一隻裝置，它也已經點亮了。這個精巧的電玩意，能使我們長時間地在人造的光亮中行走，即使在最不能發光的氣體中。

「向前走！」叔叔叫道。

我們每個人都扛起他的東西。由叔叔領頭，漢恩斯走在第二，他推著面前的一袋繩子和衣服，我走在第三，我們進入了坑道。

我剛進入這黑暗的通道時，抬起頭來通過這長長的管子，最後瞇了一眼，我永遠不會再看到的冰島的天空。

地下熔岩曾在一二二九年最後一次爆發中，被迫穿過這條通道，給裡面的牆穿上了又厚又亮的一層外套，由於燈光反射而亮了百倍。

我們在地道內前進的唯一困難在於，要設法避免在傾角約四十五度的斜坡上過快地滑下來。幸虧有相當一些凸凹和布滿氣泡的岩石表面可以當作台階。我們除了繼續下降外別無他法，並讓行李在我們之前滑到長繩的末端。

形成我們腳下台階的物質就是溶岩壁上的鐘乳石。這些熔岩在有些地方是多孔的形成了又小又圓的氣泡。不透明的石英結晶夾雜著透明的玻璃晶滴，像枝形吊燈似地懸掛在頂上。我們經過的時候，這些燈似乎在發光，彷彿這深淵裡的鬼怪照亮了它們的宮殿來歡迎地面上來的客人。

「多麼輝煌啊！」我情不自禁喊道，「多好看啊，叔叔！你不欣賞這些慢慢由紅棕色變為明黃色的熔岩嗎？以及像是晶亮的圓球似的水晶石？」

「啊，那麼你開始欣賞這個了，是不是，阿克塞？」叔叔回答道，「那麼你認為這很好看，是不是？哦，我希望你會看到更好看的東西。現在，走快點！」

他應該說得更適當些，「滑得快點！」因為我們除了毫不費勁地在這舒適的斜坡上往下滑之外什麼都沒做。這是詩人維吉爾所說的極快下滑之路。我一直在觀察的羅盤，始終指著東南方。熔岩流既不偏右也不偏左：不屈不繞形成一條直線。

溫度還沒有迅速上升，這看來證實了大衛的假設，我已不止一次吃驚地觀察著溫度計。我們起程兩小時後，它只達到10°C，增加了4°。這令我想到我們與其說是直著下降，倒不如說橫著走。至於到底下降了多少，這是很容易就能確定的：因爲教授不時在計算著傾角和偏差的角度，可是只有他才知道結果。

晚上八點鐘光景時，他說了句停下來。漢恩斯立刻就坐下來，我們將燈紮在凸出的熔岩上。待在一個岩洞裡，那兒空氣並不稀薄；相反，我們感覺到微風習習，這是由什麼大氣擾亂所致的呢？這個問題我現在不想回答。飢餓和疲勞已令我無力思考。連續七小時無中斷的下降不可能不消耗體力，我已是精疲力盡了。因而「停下」這個詞對我來講就像音樂那樣悅耳。漢恩斯將一些食物放到一塊熔岩上，我們餓得要命都大吃起來。然而有一件事很使我擔憂：我們貯存的水只剩下一半了，叔叔想依靠地下泉源來補充，但是到目前爲止我們還沒有看見任何泉源。

我忍不住向他指出這個問題。

「你大驚小怪是爲了沒有泉源嗎？」他問。

「比這更甚——這令我擔憂。我們剩下的水只夠喝五天。」

「不用擔心，阿克塞。我可以向你保證我們會找到水的，而且比我們需要的更多更多……」

「什麼時候？」
「當我們走過這個溶岩床，你想像一下泉水怎麼可能從這些岩壁中噴出來呢？」
「但是，也許下面的熔岩還長著呢，我認爲我們還沒有下降得很深呢！」
「爲什麼你會這樣想？」
「因爲要是我們在地層下面走了很長一段路的話，空氣還會熱得多呢。」
「那是依照你的理論。」叔叔回答說，「但是溫度計上顯示了多少？」
「幾乎不到15^{o}Ｃ，這意味著從我們出發開始只上升39^{o}Ｃ。」
「由此，你得出什麼結論？」
「按照最準確的觀察，每往下降一百英尺，溫度就上升一度。但是當然不同地方情況會改變，照這樣，西伯利亞的雅庫特人已觀察到每下降三十六英尺，溫度就上升一度，這種差異顯然是由岩石的傳導性不同而造成的。而且，在死火山附近，或通過片麻岩的地方，觀察到每下降一百二十五英尺才上升一度。讓我們按照這種最有利的估計方法來計算一下。」
「計算呀，孩子。」
「沒有什麼比這更容易了，」我說，在我的筆記本上記下這些數字，「九乘一百二十五英尺得出一千一百二十五英尺深。」
「完全正確。」

「那麼？」

「那麼，根據我的觀察，我們已經到達了海平面以下一萬英尺的地方。」

「不可能！」

「完全可能，否則數字本身失去了作用！」

教授的結論是正確的。我們已經下到的深度比人類迄今為止到過的最深處。例如，提羅爾礦山和波希米亞礦山，還要深六千英尺。

這兒的溫度應該是81ºC，但它卻勉強才到15ºC，這使我思考得快發狂了。

第十九章·再次向上走

第二天是6月30日，早上六點我們又開始下降。

我們仍然沿著熔岩的坑道下去，那是一條自然傾斜的坑道，斜面平緩得就像一些老式房子的樓梯。我們繼續行走，直到12點17分才追上正好停下來的漢恩斯。

「啊哈！」叔叔叫道，「我們已抵達坑道的盡頭了。」

我環顧四周。我們正站在兩條又黑又窄的交叉著的小路上。我們該走哪一條？這是個很難決定的問題。然而，叔叔不想在我或嚮導面前表現出猶豫的樣子，他指著東面的坑道，不久我們三個人就進去了。

不管怎麼說，在選擇哪條路之前的躊躇最終都是徒然的；因爲沒有任何跡象可以指導我們選擇哪條路。我們完全得憑運氣。

這條新的坑道斜坡度很小，它的部分地方極端變化無常。時而有一連串彷彿歌德式教堂走廊的拱門出現在我們面前，中世紀的建築師可以在這裡研究從尖頂拱形發展出來的所有宗教建築物形式。再過去一英里，我們就得低頭穿過一些羅馬式的低拱，它們支撐在半埋進壁中的粗柱子上。在某些地方這個布置則被一些猶如礦區的低矮結構所代替，我們只得一個個爬過狹窄的坑道。

溫度還處於完全能忍受的水平，我不由想到當這些熔岩衝出現在很安靜的坑道而從斯奈弗山噴發出來時會是什麼樣子。我想像著從坑道的每個角落裡迸發出來這般激烈的火流，和狹窄的空間內的超高熱蒸氣的壓力。

「我僅僅希望，」我想道，「這座古老的火山現在不要想到去做這樣的事。」

我抑制住不將這些想法轉告給李登布洛克叔叔，他也不會懂得的。他唯一的念頭就是繼續向前進，帶著每個人都不得不欽佩的信念，他走著、滑著，甚至滾著向前。

晚上六點時，經過一天順利的工作後，我們又朝南走了五英里，但才勉強下到四分之一英里的深度。

這時，叔叔說了句停下休息。我們也二話不說，就地停下來吃飯，飯後也不多想，就睡著了。

當晚我們的安排非常簡單，每人一條毛毯，在裡面蹺起身體，這就是我們唯一的床鋪，我們不用怕冷或干擾。進入非洲沙漠或新世界森林中的旅行著在夜間都一定要輪流值班，但在這兒卻是絕對清醒和安全，不用怕任何野獸或野人。

第二天，我們精神抖擻地醒來了，又開始旅程，還是如以前一樣沿著熔岩內的小徑下去，但已不可能認出岩石通過的路徑。該往下通向地球底部的通道已傾向同地平面相平行了，而且在我看來還上升了一點點。早上十點鐘光景時，這種變化越來越顯著了，我因而精疲力盡不得不緩慢前進。

「怎麼了，阿克塞？」教授不耐煩地問。

「我累壞了。」我回答說。

「什麼，在這樣平坦的路上才走了三小時？」

「路也許是很平坦，但我眞的累壞了。」

「什麼，我們除了往下走外還過什麼事了？」

「我求你再說一遍，難道你的意思是還要往上走？」

「往上？」叔叔說，聳了聳肩。

「是的，向上走，斜坡一個小時前已改變了，要是我們繼續如此走下去，我們就會回到冰島表面去了。」

教授毫不服氣地搖搖頭，我想繼續談話，但他沒有回答，只是打手勢表示前進。我明白他之所以沉默只是由於缺乏幽默感。

然後，我鼓起勇氣重新背起我的行李趕上了漢恩斯，他正追趕著叔叔。只祈望不要落在後面，我首要做的事情就是必須找到我的同伴。我一想到在這個迷宮裡迷路就不禁毛骨悚然。此外，由於沿著小徑向上走越來越使人感到疲累，我就想像這條小徑會將我帶上地面，借以安慰自己。每走一步這個希望就更堅定了，我又開始爲再見到我的小葛拉蓓而興奮了。

午時，坑道裡的熔岩壁開始發生變化。我注意到它們反射的光亮變弱，熔岩的外層已被固體岩石所替代，並微微有些傾斜，岩層也常常是直立的。我們正通過過渡時期的岩石堆，是志留紀的。

「十分清楚！」我叫，「在第二個時期，水中的沉積物形成了這些片麻岩、石灰石和頁岩！我們正離開花崗岩！我們像來自漢堡的人那樣，選擇了漢諾威路抵達律伯克！」

我應該將這些話留在心裡，然而，我所具有的地質學家的脾性制伏了我的謹慎。李登布洛克叔叔聽到了我的叫喊聲。

「什麼事？」他問。

「看！」我答道，並指給他看那些片麻岩、石灰岩和頁岩。

「哦？」

「我們已來到這些岩石所處的時期，那時還沒有動植物呢。」

「噢，你這樣認爲嗎？」

「你自己看吧。」

教授移動著燈照亮坑道裡的熔岩壁，我期望他會表現出一些驚奇的樣子。然而，他什麼都沒有說，只向前走著。

他聽懂我的意思了嗎？還是叔叔或科學家所特有的虛榮心在作怪，令他拒絕承認他所選擇東南的坑道是錯誤的?或者是他已決定勘探這條坑道到底?顯然我們已經離開了熔岩的路，這條小路也不可能通向斯奈弗的熔爐。

無論如何，我也懷疑我是否將那些石頭的變化看得太重了，以致犯了一個錯誤。我們眞的選擇了這些花崗石根基上面的岩層?

「要是我是對的話，」我想道，「我肯定會發現一些還活著的原始植物，這就不能否認我們眼睛所看到的事實了。我得十二萬分留心著。」

我還沒走上一百碼，就發現一些無懈可擊的證據。這是無需大驚小怪的，因爲在志留紀時代，海水中已增加了一千五百種以上的植物和動物種類。我那雙已習慣於堅硬的溶岩地面的腳，忽然踢起了一陣由遺留下來的植物和甲殼所組成的灰塵。在熔岩壁上有一些特殊的雜草和石松的痕跡。李登布洛克教授肯定能認出它們，但我肯定他是閉著眼睛，邁著均勻的步伐前進。

他太頑固了，我再也忍受不了。我撿起一塊保存得很好的屬於一種類似現代土鼈的動物的甲殼。然後，我趕上了叔叔，說道：

「看這個!」

「哦，」他淡淡地說，「這是古代節足動物中一種已經滅絕了的甲殼動物的殼，不過如此而已。」

「可是，你不能推想一下……?」

「你自己又推想到什麼?是的，我也這樣想過。我們已離開花崗岩和熔岩路。也許我已犯了錯誤，但這要到我們到達坑道盡頭才能肯定。」

「不過，那是可以採用的正確方針，叔叔，要是我們沒有受到一直在增加的危險所威脅，我一定會完全贊同你所說的。」

「什麼危險?」

「缺水。」

「好吧，阿克塞，我們得實行配給制了。」

第二十章・死胡同

的確，我們需要實行配給制了。我們貯存的水只夠三天飲用了，我在晚上吃飯時才意識到這點。糟糕的是，要在這古生代志留紀的岩層找到一條泉源已成奢望。

翌日，整整一天，坑道一直在我們面前展現著無窮無盡的拱門。我們幾乎是默默地前進著，漢恩斯沉默寡言的性格似乎感染了我們。

小徑不再向上延伸，至少已看不出來，有時它甚至看來向下傾斜。然而，這種趨勢並不明顯，不能令教授感到有所保證，因爲這地層的性質並未改變，而過渡的跡象卻愈來愈明顯了。

那些片麻岩、石灰岩和紅色古頁岩在燈的照射下閃閃發光。我們想像我們正在通過德文郡中的一條露天通道，德文郡這個名字也就賦於這古老的紅沙地了。（德文郡Devonshire的——德文devon, Devonian，在英語中又有泥盆紀的意思。）岩壁的表面有一條條很漂亮的大理石樣本，有些呈滲有白條的瑪瑙灰，有些呈深紅色，還有一些則是紅黃相間的，都被混合發亮的石灰石襯映成暗色。

絕大多數的大理石都顯示著原始動物的遺跡。那時的生物顯然已有了極大的進化。

我本以爲會看到發育不全的古代節足動物，但卻注意到比較高等的動物遺骸，包括硬鱗魚和一些古生物學家認爲是最古老的爬蟲的蜥蜴。泥盆紀海中就居住著一大批這種動物，它們沉積於新形成的岩石中。

我們顯然是在沿著動物進化的階梯向上攀援，人就是這一階梯中最高級的一種。然而李登布洛克教授並不注意這些。

他正在等兩件事中的一件發生：一條直立的坑道在他腳下出現，他便可以繼續下降，或是遇到障礙，可以迫使我們回去。然而，到了夜已降臨的時候，任何一種希望，都沒有發生。

星期五，挨過一夜的飢渴之苦後，我們這一小夥人又開始穿過坑道出發。經過十小時的跋涉之後，我發現岩壁上反射的燈光已大大減少。大理石、片麻岩、石灰石和沙石都被一種暗淡無光的內層所代替。

在坑道內一塊狹窄的地方，我斜倚在左邊的岩壁上。當我伸出手來時，發覺它已經變得黑漆漆的了。我仔細地環視四周，才發覺我們周圍全是煤。

「煤礦！」我叫。

「一個沒有礦工來過的煤礦。」叔叔回答。

「噢，誰知道？」

「我知道，」教授簡短地說，「我可以肯定煤礦中的這條通道不是人開出來的。但它是不是人開出來的對我來講卻無所謂。現在是開飯的時候了，我們吃飯吧！」

漢恩斯準備好了食物。我吃得很少，但喝了分配給我的幾滴水。嚮導的水瓶中還剩下可供給我們三人喝的半瓶水。

飯後，我的兩位同伴蹺進他們的毛毯中，以睡眠來補充他們的疲憊。我卻睡不著，數著時間一直到天亮。

周六早晨六點，我們再次出發，二十分鐘後我們到達了一個極大的洞穴，我發覺這個礦坑不是人爲形成的，如果是的，那麼天花板頂下一定會有圓柱支撐著，它實際看來彷彿是由一種看不見的神奇的平衡力支撐著。

這個洞穴寬一百英尺、高約一百五十英尺。這裡的土地曾經因下層地殼活動而裂開，受劇烈的震動而變形，它已經被拗斷了，只留下這極大的缺口，現在在裡面的是它的第一批遊客。

這個煤礦的全部歷史都記在這漆黑的岩壁上，一位地質學家毫不費勁就可以了解它的個個形成階段。煤床被沙石或細密的頁岩分隔開，並被上面的沉積物重重壓著。

那個時代被稱作中世紀。此時的地球上遍布著高大植物，這些都是高熱和長時期的潮濕雙重造成的後果。整個地球都被一層霧氣所包圍，連陽光也透射不進來。

由此可見，那時的高溫一般不是陽光的緣故，而且太陽也還不像如今那般燦爛輝煌，也根本不存在什麼「氣候」，地球表面上彌漫著一股熱氣，赤道和兩極一樣灼熱。這些熱量都來自於地球內部。

與李登布洛克教授的理論相反，地球內部熾燃著大量極厲害的熱量，它一直延續到地球的最外層。而植物由於得不到太陽恩澤的光線，沒有花朵也無香氣，然而這些早期植物的根卻能從熾熱的土壤中獲得生命力。

這兒幾乎沒有樹，僅有些草本植物——高大的草木、羊齒草、石松、封印木和星狀草，都屬於現在稀有的種類，但在那個時期卻達數千種。

煤就是起源於這種茂盛的植被，那時地殼還具有彈性，因內部液體的流動而形成許多罅隙和凹陷的地方。那些淹沒在地表水底的植物，漸漸地形成了一大堆累積物，並開始發生化學反應。在海底最深處，這些植物先變成泥岸，然後由於蒸氣和發酵的熱量作用，完全形成礦物。於是，就形成了那些巨大的煤床。它們雖然面積很大，但那些工業國家還是可以在三個世紀內把它們消耗殆盡，除非他們懂得限制自己的消費。

端詳著這一部分地球所藏的富饒礦產，我的腦中浮想聯翩。

「這些礦床，」我對自己說，「可能永遠不會被開掘。要到達這麼深的礦源代價太大了。此外，地面上有許多國家的地底下仍有大量的煤，爲什麼還要這裡來呢？因而這些礦床將永遠如現在那樣原樣未動，直到世界末日的喇叭吹響。」

我們繼續向前進，我可能是唯一忘了路途遙遠的人了，我已完全沉浸於地質研究中。在我們穿過熔岩和麻岩時，溫度幾乎不再上升，但我的嗅覺卻感受到碳氫化合物的濃烈氣味。我立刻意識到這坑道中一定存在著大量不可忽視的危險氣體，礦工稱其爲沼氣，它的爆炸會引起可怕的災禍。

幸而我們的燈光來自於路姆考夫天才的發明，要是我們輕率地在這坑道中拿著火把勘探的話，可怕的爆炸就會將我們這些探險家毀滅，從而使這次探險成爲泡影。

穿越煤礦的旅行一直持續到晚上，由於坑道保持水平延伸，叔叔無法克制住自己的焦急心情。前面幾乎長達二十碼的黑暗，使我們無法估計坑道的長度。我正開始想到這條坑道可能沒有盡頭的時候，大約在六點鐘，忽然一岩壁出人意料地出現在我們面前，上下左右都沒有出路，我們走了條死胡同。

「哦，那更好！」叔叔叫道，「至少我們知道我們是在哪裡了。我們並在薩克努尙的路上，我們只有回去，先休息一夜，三天內回到上次那兩條路分岔的地方。」

「好吧，」我說，「只要我們還有力氣！」

「爲什麼沒有？」

「因爲明天我們的水將全完了。」

「我們的勇氣也完了嗎？」教授狠狠地看了我一眼，問道。

我已不敢回答了。

第二十一章．一位新哥倫布

翌日，我們很早就出發了，我們不得不趕快，因爲我們得在三天內，趕回去那個分岔路口。

我不想詳述我們在回去的路上所遇到的各種險情。叔叔像是個犯了錯誤的人以憤怒來對待它們。漢恩斯一直默默地服從著命令，至於我，我承認，我一直在大聲埋怨，缺乏一種魄力來面對不幸。

正如我所預見，我們的水在重新出發的第一天就告磬了，以後我們除了杜松子酒之外就沒有什麼可以喝的了，但是這種烈性的液體會灼痛喉嚨，我連看都不想看它。我感覺熱會令人窒息，疲倦令我乏力。我不止一次昏倒，其他人就停下來，由叔叔或冰島人盡力設法恢復我的知覺。然而我看得出來，叔叔也遭受著疲乏和飢渴的煎熬。

7月7日星期二，用手和膝蓋匍匐而行的我們，終於半死不活地來到了那兩條坑道分岔的地方。在那兒，我像是毫無生命的東西，一下子跌倒在熔岩地上。此時是早晨十點鐘。

漢恩斯和叔叔背靠著岩壁而坐，試著一點點咬著餅乾來吃。我腫脹的嘴唇發出一連串呻吟，不久就沉入了夢鄉之中。

一會兒，叔叔來到我身邊，用他的手臂抱起了我。

「可憐的孩子！」他用誠懇的憐憫語氣喃喃道。

這些話很令我感動，雖然我還不習慣這來自於一位嚴厲的教授的溫柔。我抓住他發著抖的手，他也任憑我如此，只噙著淚凝望著我。

接著，我看到他拿起掛在他身邊的水瓶，令我驚奇的是，他將它放於我唇邊。

「喝吧。」他說。

我聽對了嗎？叔叔發瘋了嗎？我傻了似地看著他，無法相信這一切。

「喝吧！」他又說，並舉起水瓶，將裡面的水灌進我的嘴裡。

噢，一剎那間我感受到怎樣的一種快樂！那一口水就解除了我燃燒著的乾渴——只一口水，但已足以喚回我快逝去的生命。

我捏緊了叔叔的手，感激之情溢於言表。

「是的，」他說，「一口水——那是最後一口水，你知道最後一口。我一直小心將它保存在瓶底，不止一次地抵禦著想喝了它的強烈誘惑。然而我沒有喝，阿克塞，我要將它留給你。」

「親愛的叔叔！」我喃喃著，眼中溢滿了淚水。

「是的，可憐的孩子，我知道你一到這分岔的地方就會近乎半死地倒下來。我就保存著這最後幾滴水，準備恢復你的知覺。」

「謝謝，謝謝！」我哭了。

儘管只解除了一部分飢渴，但我已稍微有了點力氣。我喉嚨處緊縮到現在的肌肉也放鬆了，我的嘴唇不再發燒。我能夠話說了。

「看，」我說，「我們唯有一件事可以做，我們已沒有水了，因而我們得回去。」

當我說這些話的時候，叔叔避開不看我，他低著頭，目光盡量避免與我接觸。

「我們得回去！」我叫道，「我得回到斯奈弗。上帝會給予我們爬回山頂火山口的力量！」

「回去！」叔叔回答說，彷彿不是說給我聽，而是給他自己聽。

「對，回去，一分鐘也不要浪費。」

然而，是長時間的沉默。

「那麼，阿克塞，」教授冷冷地說，「那些水還沒有恢復你的勇氣和力量嗎？」

「勇氣？」

「你看來仍像以前那樣垂頭喪氣，你又在說洩氣話了。」

我在跟怎樣一種人交涉啊，他又醞釀了什麼大膽的計劃？

「什麼，你不想回去？」

「放棄這次看來確實成功在望的探險？不能！」

「我們一定要去找死嗎？」

「不，阿克塞，不，你應該回去，我不想你去死。漢恩斯跟你一塊走，將我一個人留下吧！」

「把你留在這兒？」

「離開我吧，我告訴你，我既已開始了這次旅途，就得結束它，否則我永不回去。回去吧，阿克塞，回去吧！」

叔叔極端激動，他那一時變得溫柔和慈愛的聲音又恢復了嚴厲和陰沉。以一種令人擔憂的決心同絕不可能實現的事作鬥爭。我不忍將他拋棄在這深淵裡，然而，另一方面，我自衛的本能又逼迫著我離開他。

嚮導依然無動於衷地看著這一幕，他當然知道他的兩位同伴之間發生了什麼事。我們爲了極力說服對方而打出的手勢足以顯示了各方不同的意思。可是，漢恩斯看來對這些關係到他生死存亡的事並不感興趣，只要他的主人做一個動身的手勢，他就會立刻出發，相反地，他就會停下來。

那一刻，我多麼渴望我能使他理解我的意思！我說的話、我的呻吟、我的聲調肯定能更好地感化他的冷漠，叫他知道如果能說冰島語，他還沒有意識到他的危險處境。我會告訴他眞相，我們兩個聯合起來一定可將固執的教授說服；必要的話，我們還可以逼迫他回到斯奈弗山頂。

我走到漢恩斯身邊，將我的手放在他身上。他一動也不動，我指著那條通向火山口的通道，他依然無動於衷。我極度苦悶的表情和急促的呼吸聲顯示著我的痛苦。這個冰島人只輕輕搖搖頭，平靜地指著叔叔說：「主人。」

「主人？」我叫，「不，你這個傻瓜，他不是你生命的主人，我們得回去！我們得帶著他！你聽到我的話了嗎？你理解我的意思嗎？」

我抓住漢恩斯的胳膊，企圖逼迫他站起來。我正與他爭執著時，叔叔插了進來。

「冷靜點，阿克塞，」他說，「你不會從這個魯鈍的奴僕身上得到什麼的。還是聽聽我的主意吧！」

我叉著兩臂，直看著叔叔的臉。

「缺水，」他說，「那是我們旅途中唯一的阻礙。這東邊的通道裡遍布著熔岩、片麻岩和煤，我們當然是沒法找到一滴水的。如果我們進入西邊的通道，也許會幸運得多。」

我不相信地搖搖頭。

「聽我說完，」教授繼續說，並提高了他的聲音，「當你躺在這兒一動不動的時候，我查著了這坑道的路線。它一直向下伸展，幾個小時內就可以將我們帶到花崗岩層，在那兒我們肯定能找到許多泉源。岩石的性質也說明了這點，按照邏輯，這些岩石上的自然接合線證實了我的說法。我還要告訴你一個典故，當哥倫布要求他的全體船員再堅持三天再上岸，這些船員儘管患著病且感到害怕，但還是服從了他的要求——他就發現了新大陸。我就是這些地下地區的哥倫布，我也請求你再堅持一天。如果一天以後，我還沒有找到我們需要的水，我向你起誓我們一定回到地面上去。」

儘管我很憤怒，我已因他這些話而動搖了，叔叔是盡了多大的力量，才許下這個諾言的啊！

「好吧，」我說，「照你希望的去做吧，但願上帝會回報你超人的能力。你只剩下幾個小時去嘗試死亡了，我們出發吧！」

第二十二章、我崩潰了

我們又開始下降了，這次是從新的坑道下去。漢恩斯如平常一樣走在第一位。我們還沒有走上一百英尺，教授就將燈沿著岩壁照著，邊喊道：「這些都是原始石頭！我們正在右邊的道上！來吧！」

早期當熾勢的地球慢慢冷卻下來時，由於地表收縮產生了斷層、裂縫、凹坑和裂罅。我們現在行走著的坑道就是由這種裂縫形成的，花崗岩熔漿曾流過這兒。這條原始坑道因有著數不清的轉角，形成一座困人的迷宮。

越往下走，那些由連續不斷的礦床形成的原始地層就越明顯。地學家將這些原始地層看作地殼礦物的根基，他們確定它分爲不同的三層岩石：片岩、片麻岩和雲母岩，都由一種被叫作花崗岩的堅硬岩石支撐著。

礦物學家從來沒有這麼幸運能親自來到這奇妙的地方研究自然。地質勘探器，一種毫無感情、笨拙的機器所不能帶到地面上來的地球內部構造，在這兒我們都能親眼看到，親手摸到。

微帶著美麗綠影的片麻岩上，曲曲折折露著銅、錳等金屬條紋，間隔還有白金和金。我的目光停留在這些埋在地底深處的財富上，不禁想到，這些寶貝在人類貪婪的目光之下藏得是那麼好。由於原始時期的地震而埋得極深，無論是鋤頭還是鐵鎬，都沒有辦法將它們挖出來。

我們追隨著一層層的片麻岩層前進，值得注意的是，這一岩層既整齊又筆直，夾在雲母片麻岩裡的白色雲母薄片的晶瑩光芒招引著我們的目光。

燈光射出的光線，被大批岩石的小平面反射回來，在各個方向交織，這令我感覺到自己彷彿正穿過一只中空的鑽石，光線在裡面彼此折射成無數道光點。

約六點鐘時，這個「光」的節目明顯減弱了，幾乎消失。岩壁雖然還是水晶的卻已變得黯淡了。雲母與長石、石英化合成岩石中最硬的品種，這種岩石能承受四層岩層的壓力而不會被壓碎。我們彷彿被幽禁在花崗岩的大監獄裡似的。

現在已經是晚上八點了，可是一滴水也沒有找到。我忍受著飢渴的痛苦，叔叔還在一刻不停地大步走著，邊用心傾聽著泉水的潺潺流動聲，然而什麼都沒聽到。

我的雙腿終於垮了下來。我拼命忍受著這種煎熬，不讓叔叔為了我而停下來。他已幾近絕望了，因為一天就要過去了——這屬於他的最後一天。

我的力氣終於完了，我只叫了一聲就倒了下去。

「救命！我要死了！」

叔叔轉過身來，他叉著雙臂瞪著我，邊咕噥道：「完了！」

我合上眼睛前看到的最後一樣東西，就是叔叔那憤怒的可怕手勢。

當我再次睜開眼睛時，我看到我的兩位同伴一動不動蹝縮在他們的毯子裡。他們睡著了嗎？而我，卻再也睡不著了。我已受夠了，我想得最多的就是這裡沒有藥可以醫治我的病了。叔叔最後一句話——「完了」——還在我耳邊回響，因為我這樣虛弱，已不可能走回地面上去了。

近四英里厚的地殼就在我們頭頂上，這一大塊東西彷彿壓在我身上似的，使我感到壓抑，我費了好大的勁才在花崗岩床上翻了個身。

幾個小時過去了，一種極深極深的寂靜，令我們感覺像是處於墳墓之中。沒有聲音從這些岩壁中傳過來，這兒最薄的岩壁有五英里厚。

然而，當我昏昏欲睡時，我似乎聽到一種聲音。地道裡一片漆黑，我努力睜大眼睛，隱隱約約看到那位冰島人打著燈轉瞬便消失在黑暗中了。

他為什麼離開我們？他不管我們的生死了嗎？叔叔已睡熟了。我試著想叫出來，然而我那枯乾的嘴唇發不出一點聲音來。周圍已經完全黑下來了，就連遠處最後一點聲音也漸漸平息了下來。

「漢恩斯拋棄了我們！」我叫道，「漢恩斯！漢恩斯！」這些聲音只有我自己才聽得見，它們根本傳不遠。然而，當第一陣恐懼過去之後，我開始為無端懷疑一個行動毫無責備之處的人而慚愧，因為他並沒有向坑道上方爬，而是往下走。他要叛逆的話應該向上走而不是往下降。這些想法在一定程度上清除了我的恐懼，我想道：這個穩靜的人一定是爲了什麼重要目的放棄了他的睡眠。他在路上發現了什麼嗎？在這樣寂靜的夜晚，是不是聽到了我所沒有察覺的細微的聲音？

第二十三章・我們找到了水

整整一個小時我神經錯亂的大腦都在思索激起這位沉默寡言的獵人行動的原因。各種最荒謬的想法在我腦海中纏繞著，逗得我幾近瘋了。

終於，我聽到了來自於深淵深處的腳步聲，漢恩斯又回來了。一道搖曳不定的微弱燈光先打在岩壁上，接著就從坑道內最近的轉角處照出來，漢恩斯出現了。

他走近叔叔，將手放在他的肩上，輕輕地喚醒他，叔叔爬了起來。

「怎麼了？」他問。

「Vatten。」嚮導回答道。

看來情急之下，人人都能成爲語言天才。我雖不識一個丹麥字，然而我出於本能，明白我們的這位嚮導說的是什麼？

「水！水！」我瘋了一樣拍著手叫道。

「水！」叔叔重覆道，「哪兒？」他問這冰島人。

「Nedat。」漢恩斯回答說。

哪兒？下面！我什麼都明白了。

我抓住嚮導的手，捏緊了它們，他只靜靜地望著我。

我們迅速準備好了，不久就三步併做一步奔下坑道。

半小時後，我們已走了一又四分之一英里，下降了兩千英尺。

這時，我分明聽到一種新奇的聲音穿過花崗岩壁傳過來，一種細微的隆隆聲，像遠方的雷聲。步行了半個小時，還沒看到漢恩斯所說的泉源，我心中的恐懼又開始蘇醒了，但就在這時候，叔叔向我解釋了聲音的來源。

「漢恩斯沒有搞錯，」他說，「你所聽到的正是洪流的聲音。」

「洪流？」我喊道。

「毫無疑問。一條地下河流就在我們周圍。」

我們飛快地向前走，由於滿懷希望而激動起來。我不再感覺累了，那奔流著的水聲已激起了我的精神。剛剛還在我們頭上流過的洪流，現在卻在左邊的岩壁內咆哮著、奔流著。我不斷地用手撫摸著岩石，多麼渴望能找到一點水啊！然而，一切都是徒勞。

又一個半小時過去了，我們又走了一又四分之一英里的路程。

現在看來顯然那位嚮導出去時也至多走到這兒。憑著山裡人和一個極渴望水的人的特殊本能，他感覺到洪流正穿過岩石，然而，也沒有看到任何一點寶貴的液體，更別說用它來解渴了。

不久，我們就發現要是我們再繼續向前走，我們就會離泉水越來越遠了，泉水聲也會越來越模糊。

所以，我們只好折回去，漢恩斯在離洪流看來最近的地方停下了。我靠著岩壁坐著，可以聽到約兩英尺外的泉水急促流過，可是一道花崗石岩壁隔開了我們。

我無心思索也不想自問是否肯定沒有辦法來獲得這些水了，我已經失望了。

漢恩斯看著我，嘴角露出不易覺察的微笑。

他拿著燈站起來。我跟著他，看著他走近岩壁，將耳朵貼近乾燥的石頭，上下左右地移動著，專注地傾聽著。我明白他是在找洪流聲最響的地方，不久，他便發現這地方就在坑道上面三英尺的地方。

我是多麼興奮啊，我簡直不敢猜測嚮導下一步想幹什麼，但當我看到他舉起鐵鎬來刨石頭時，我完全明白了，我的雙手互相纏繞著，並擁抱了他。

「我們得救了。」我叫。

「是的，」叔叔用近乎發狂的聲調說道，「漢恩斯是對的！他眞是個好棒的小夥子！換成我們我們是想不到那兒去的！」

他是對的，我們是無論如何也想不到這種簡單的解決方法的，但是不可否認沒有什麼比用鐵鎬來砍倒這世界的支柱更危險了。要是這岩壁崩陷壓死我們怎麼辦？要是洪流突然從岩石裡沖瀉出來，將我們捲走怎麼辦？這些危險是明擺著的，但是那一刻什麼岩石崩陷或水災的恐懼都不能阻止我們了，我們實在是渴死了，爲了解渴我們不得不掘進海洋的底部。

漢恩斯開始了這項叔叔和我都不能勝任的工作：我們太急了，會將岩石一下子劈成碎片的。相反嚮導既穩靜又沉著，他不斷地，靈巧地鑿著岩石，劈開了大約六英寸寬的口子。我聽到水聲越來越響，想像著我的嘴唇已經觸到了滋潤的液體。

不久，鐵鎬已經在花崗岩上鑿進兩英尺深了。漢恩斯爲此工作了一個多小時，我也在焦慮地折騰著。叔叔想親自動手，我盡了極大的力也未能阻止他，他已經拿起了他的鐵鎬，這時一聲嘶嘶地聲音忽然響起，洞裡噴出一股水，濺到對面的岩壁上。

漢恩斯差點被這沖擊流撞倒，痛得忍不住叫了出來，我知道爲什麼。當我將手伸進這噴水口中時，我自己也大聲叫了出來，因爲水是滾燙的。

「這水正在沸騰！」我叫。

「嗯，它會冷卻下來的。」叔叔答道。

坑道裡充滿了水蒸氣，一道河流正在形成，並沿著地下蜿蜒的通道流去。不久，我們就喝上了第一口水。

這口水帶給我們多大的愉悅啊！這無與倫比的快樂！這是什麼水，它從哪兒來的？管它呢，反正是水，而且儘管仍然很燙，但它將我們的生命從死亡邊緣拉了回來。我拼命喝著，顧不上是什麼味道了。

僅僅享受了幾分鐘後，我就叫了出來：

「這裡面含鐵質！」

「沒有什麼比鐵質對消化更有利了，」叔叔說，「顯然這水富含礦物。我們的這次探險等於是到了杜布列斯的溫泉療養地了！」

「噢，多麼美味啊！」

「我也這樣想，這是來自於地下六英里的水！它有些不太好喝的墨水味。這是漢恩斯為我們找到的多好的力量泉源！我提議我們該用漢恩斯的名字來為這條健康的河流命名。」

「同意！」我叫。

〈漢恩斯小溪〉這個名字立刻賦於了那條河流。

漢恩斯對此並不表態，他在適度滋潤過他自己之後，又如往常一樣安靜地在一個角落裡坐了下來。

「現在，」我說，「我們得讓這些水一直流著。」

「為什麼不？」叔叔問，「我希望這條河流是用之不盡的。」

「不過，讓我們裝滿所有的水瓶和水壺後，堵住這個開口處吧。」

我的建議被接受了。漢恩斯試著用花崗石碎片和麻繩堵住他的鑿開的洞，但一切都是徒勞。這水的壓力太大了，他除了手被燙傷外，所有的努力都白費了。

「顯然，」我說，「由這壓力看來，這河流的源頭一定在很高的地方。」

「毫無疑問，」叔叔回答道，「要是水柱有三萬二千英尺高的話，就該有一千個大氣壓。我倒有了主意。」

「什麼主意？」

「我們爲什麼要這樣急著堵住這個開口呢？」

「因爲……」

我無論如何也想不出理由來。

「當我們的水壺空了時，我們肯定還能再將它們注滿嗎？」

「不能，當然不能。」

「好吧，就讓這些水流吧！它會自然向下流，像爲我們解渴一樣，還能爲我們引路吧！」

「好主意！」我叫，「靠這條河流的幫助，我們的這次探險沒有理由不會成功。」

「啊，你想到我的思路上去了，孩子。」教授笑了。

「我早就明白了——我早就想到了！」

「等一會兒，我們休息幾小時再出發吧。」

我完全忘了現在已是晚上了。時辰表提醒了我，不久我們三個人都差不多恢復了體力，沉沉地睡著了。

第二十四章．在海底下

第二天，我們已忘了所有過去的遭遇。起初我驚訝於自己竟不再覺得口渴，甚至想知道爲什麼會這樣，在我腳下轟鳴著的河流給了我答案。

我們用過早飯，並喝了這富含鐵質的水。我覺得很愉快，決意走上一段很長的路。像叔叔這樣一個充滿信心的人，又有一位像漢恩斯那樣聰明的嚮導，和像我那樣忠實的侄子的人，怎麼會不成功呢？我有了這樣一種美妙的念頭。要是有人建議我回到斯奈弗山頂去的話，我一定會憤慨地回絕。

幸運的是，我們所要做的僅是下降。

「出發吧！」我叫道，叫聲引起了回聲。

星期二，早晨八點我們又出發了。蜿蜒的坑道內遍布著各種出人意料的彎角，彷彿錯綜複雜的迷宮，而這坑道的方向一直朝著東南。叔叔一直在專心致志地觀察著羅盤，注意著我們所走的方向。

坑道近於水平，最多只有四十分之一的坡度，潺潺的河流在我們腳下溫和地流著，我想像那是一位在地下引導我們的熟悉的神仙，我不時撫摸著這溫暖柔和的跟著我們的步伐唱著歌的流水，常常幻想著一個個優美的神話故事。

至於叔叔，他像是個垂直線的瘋狂崇拜者，一直在咒罵這小道的過於水平。這條路線似乎延伸得無限遠，我們並沒有像希望的那樣走在地球的半徑上，而是正沿著它的弦線行進。然而，我們已別無選擇，由於離地心越來越近了，雖然接近得很慢，我們也就不再抱怨了。此外，斜坡時而會變得陡峭起來，我們的保護女神便帶著一聲呻吟翻滾著降了下去，我們也跟著她下到深處。

整整一天，加上翌日，我們走了相當長的水平距離，相對來說，在垂直距離上可推進得很少。

7月10日，星期五的晚上，根據我們的計算，我們正處於雷克雅畢克東南七十五英里的地方，而且是地下七英里處。

這時，一個形狀可怕的坑道忽然出現在我們腳下，當叔叔看到它是多麼陡峭時，情不自禁地拍手稱快。

「現在，我們要繼續前進，」他叫道，「無需費多少力氣，因爲這岩石凸出的地方形成一條整齊有致的梯子。」

漢恩斯用最適合的方式將繩子連結起來，以防各種可能的意外，我們便開始繼續下降。我沒法描述這樣做的危險，因爲我已習慣了這種前進方法。

這條坑道是花崗岩中最狹窄的裂縫，地質學家稱其爲「斷層」，它顯然是地球由於冷卻而收縮造成的。要是它曾經是一條由於斯奈弗爆發時形成的通道，我就不懂裡面為什麼沒有痕跡留下。我們正沿一條看來似乎是人手所造成的螺旋形梯子下降著。

每隔一刻鐘，我們就不得不停下來休息，鬆弛一下腿部的肌肉。我們晃著腿在一些凸出的岩石上坐下，一邊吃著，喝著泉水，一邊交談著。不用說，在這斷層地帶，〈漢恩斯小溪〉由於體積減小而成為一條瀑布，然而它仍有足夠的水供我們解渴之用。

此外，當斜坡變得緩和時它一定會恢復，一貫平和的路線。此時它令我想起我那毫無耐心且脾氣暴燥的叔叔。當斜坡變得緩和時它則更像我們那位穩靜的冰島嚮導。

7月11日、12日時，我們沿著斷層的螺旋形路線前進，又進入地殼五英里深，或海拔以下十三英里。然而，在13日中午，這斷層的傾斜度就又緩和得多，傾角約有四十五度，並朝向東南方。小道變得平坦起來，高低也沒有什麼變化，極其單調。這是不可避免的，因為旅行的快樂是不可能靠地面變化來增加的。

15日，星期三，我們已在地下十八英里，離斯奈弗也約有一百二十五英里的地方。雖然我們有點疲累，但身體仍很棒，藥箱還沒有動過呢。

叔叔每個小時都讀出羅盤、液體壓力計和時辰表上的數字（這些數字後來都發表在他的科學探險報告上了），因而他很容易確定他在什麼地方。當他告訴我我們已經水平前進了一百二十五英里時，我不禁發出了驚奇的叫聲。

「怎麼了？」他問。

「沒什麼，我只是想到一件事。」

「想到什麼了，孩子？」

「如果你的計算正確的話，我們已不在冰島的下面了。」

「你那樣想嗎？」

「我們很容易就可以證實。」

我用羅盤對照地圖的比例測量了一下。

「我是對的，」我說，「我通過了彼德蘭海角，這往東南方向的一百二十五英里將我們帶到了海底下。」

「海底下。」叔叔重覆道，興奮地摩拳擦掌。

「海洋就在我們的頭上！」我叫。

「哇，當然了，阿克塞。還有什麼比這更明顯的嗎？紐卡塞的煤礦不是一直延伸到海底嗎？」

教授完全很自然地考慮這種情況，但我一想到這一大片水在我頭上就感到有點不舒服。不過，假使花崗岩的支撐物還算牢固的話，這上面是冰島的山脈或是大西洋的浪濤對我來講無甚區別。

不管怎麼樣，我很快就適應了這種想法，因爲現在這條有時筆直，有時曲折的坑道的傾斜度常在改變。但它的方向一直朝著東南方，坑道不斷地下降，不久就將我們帶到了很深的地方。

四天後，是7月18日星期六晚上，我們抵達一個巨大的洞窟，叔叔付給漢恩斯三元錢的周薪，而後決定第二天是休息的日子。

第二十五章・休息一天

星期日，早晨醒來後，我不用再像往常一樣早早就出發了。雖然我們正在這無底洞的最深處，卻仍感到非常愉快。此外，我們已經適應這種穴居生活。我現在幾乎不再想起太陽、星星和月亮、樹、房子和城鎮。所有這些都是住在地球表面上的人，才認爲是必要的生活奢侈品。因爲這裡的生活方式已經無異於化石，我們已不再關心這些無用的東西了。

這個洞窟形成了一個巨大的廳，花崗岩地上流淌著一直忠實跟隨我們的河流。從它的源頭到這兒，水溫已經和它周圍東西的溫度無甚區別了，因而我們可以直接飲用。

早餐後，教授決定花上幾小時整理他的日記。

「首先，」他說，「我要計算出我們現在的確切位置，回來的時候，我要爲我們這次旅行畫一張地圖，一張球體縱剖面圖，上面標明了我們的行程。」

「這很有趣，叔叔，不過你的觀察夠不夠精確呢？」

「能，所有的角度和坡度我都仔細記了下來，我肯定不會出錯。首先讓我們看看我們現在在哪兒，拿起羅盤並告訴我它所指示的方向。」

我仔細地看了看這個測量儀器，回答道：

「東南東。」

「好！」教授說著，迅速地記下這個結果並計算了一下，「我可以判斷出我們從出發點開始已走了二百十三英里了。」

「那麼我們正在大西洋下面旅行了？」

「完全正確。」

「而且——也許現在我們頭上正在發生一場暴風雨，還有船隻在風浪中搖晃。」

「很可能。」

「而且——鯨魚也許正用它的尾巴拍擊著我們這個『監獄』的屋頂呢？」

「不用擔心，阿克塞，它們動不了這個屋頂的，回到我們的計算中去吧。我們離開斯奈弗已經有二百十三英里了，從我的記錄上看來，我斷定我們現在在地下四十八英里的深處。」

「那是科學家所認爲的地殼厚度的限度。」

「我不否認這個。」

「而且，按照溫度上升的規律，這兒應該已有攝氏一千五百度。」

「應該是的，孩子。」

「而且，所有這些花崗岩應該熔化了。」

「哦，你自己看到了，它並沒有被溶化，而且理論常常被事實所推翻。」

「我不得不同意這點，但我對此還是很吃驚。」

「溫度計顯示了多少度？」

「二十七度六。」

「因此，科學家所認爲的一千四百七十二度四是錯的，而這種溫度隨著深度的增加而的上升的理論也是錯誤的。所以，享福萊．大衛的理論是對的；而我也相信他是對的，你還有什麼話好說？」

「沒什麼話可說了。」

事實上，我有很多話要說。無論如何我仍無法接受大衛的理論，我仍相信有地心熱，儘管我並沒有感覺到這種熱。我倒是認爲，實際上，死火山的通道可能被罩上了一層不能熔化的熔岩質，以致無法將熱度傳過岩壁。

然而，我沒有繼續和他爭辯，我控制住自己不就目前情況向他提出意見。

「叔叔，」我說，「我承認你的推論是對的，你允許我也提出一項推論？」

「提吧，孩子。」

「在冰島的緯度上，就是我們現在所處的地方，地球的半徑大約是四千七百四十九英里，不是嗎？」

「四千七百五十。」

「就說整數是四千八百，我們已走了四千八百英里中的四十八英里？」

「正如你所說。」

「斜著走就是二百一十三英里？」

「完全正確。」

「我們已走了大約二十天？」

「正好二十天。」

「哦，四十八英里就是地球半徑的百分之一。要是我們繼續這樣前進，這就需要我們二千天，就是幾乎五年半，才能到達地心！」

教授沒有回答。

「要是我們每平行走上二百英里就等於下降四十英里的話，遠在到達地心之前，我們就會從地表某一點上到地面。」

「你這討厭的計算！」叔叔生氣地說，「你這討厭的假設！你有什麼根據？你如何知道這條走廊不會直接通到我們目的地？此外，我已有了先例，別人能做到的，並能取得成功，我也能成功。」

「我希望如此，不過，我有權……」

「你有權給我保持緘默，阿克塞，不要說這種毫無意義的話。」

看著叔叔一下子又變成一位可怕的教授，我立刻識趣地閉上了嘴。

「現在，」他接著說，「看著流體壓力計，它指示著什麼？」

「它顯示了一個相當大的壓力。」

「好，你可以看到我們已經慢慢到達這種地步了。同時也漸漸習慣了這種空氣密度，也沒有感覺到任何不適應。」

「除了耳內有些疼痛之外。」

「那沒什麼，迅速多作一些深呼吸就可以解除疼痛，並使你肺部的壓力與外界壓力相等。」

「那當然能，」我答道，決定不說任何惹叔叔生氣的話，「在如此高密度的空氣中確實很愉快，你注意到在這兒聽聲音是多麼清楚嗎？」

「我當然注意到了。這種情況下聾子也可以聽得很清楚。」

「不過，這密度會越來越大吧？」

「會的，依照……一條還不十分明確的規律，可確定越往下走，我們的重力也就會越來越小。你知道物體在地球表面重量是最大的，但到了地球中心，一切東西就沒有重量了。」

「這我知道，但是告訴我，我們正呼吸著的空氣密度，是否也會增長到跟水的密度一樣呢？」

「在七百一十個大氣壓下，這很有可能。」

「再下去一些呢？」

「再下去一些密度就會更大。」

「那我們如何繼續下降呢？」

「我們會在口袋裡裝滿石頭。」

「你總是有你的一套理由，叔叔。」

我不敢再假設下去了，否則我會無意遇到其它可能惹怒教授的問題。

不管怎樣，有一點很明顯，當空氣在幾千個大氣壓力作用下時，一定會變成固體，那時即使我們的身體在經歷這樣的氣壓作用後仍然存在，也不得不停下來，此時世界上一切理論都談不上了。

我沒有將這種想法說出來，不然叔叔一定又會將他那不朽的薩克努尙搬出來反駁我。這個先例對我來講是毫無意義的，因爲即使承認這位冰島學者的旅行是眞的發生過，我只需提出一個很簡單的問題就足以將他駁倒：十六世紀既沒有發明氣壓計也沒有發明壓力計，薩克努尙又如何證明他已經到達地心了呢？

然而，我什麼都沒有說，只是等著看會有什麼發生。

這一天的其他時間都用在計算和討論上了。對李登布洛克教授的結論，我一味認同。對漢恩斯的不易激動的性情，我羨慕不已，他從不肯用腦子去思考原因和效果，命運要他去哪去，他就盲目地跟到哪兒。

第二十六章・只剩我一個人

應該承認事情進行得還算十分順利，我也無需再抱怨了。要是我們遇到的困難不會更糟的話，我們就沒理由達不到目的了。而且我們將擁有多麼大的榮譽！我的想法開始跟教授一致了，也許是因爲我所處的奇怪的環境的緣故。

有好幾天，由於幾乎接近垂直而變得相危險的險峻的斜坡將我們帶到很深的地方。一段日子裡我們向地心下降了四到五英里。在這樣的危險下降中，漢恩斯的技術和沉著對我們來講是極寶貴的。這位穩重的冰島人憑著他那難以置信的專心和忠實幫助了我們，多虧了他，我們才避免了許多可能對我們兩個人來講太多的困難。

另一方面，他一天天變得更加沉默了，我感覺到這甚至感染了我們。外界的事物對我們的頭腦起了決定性的影響。任何人被囚禁在四堵牆之間，結果都可能失去語言和思想表達能力。許多被單獨囚禁的囚犯因爲思維能力沒有得到運用，即使不成爲瘋子，也會成爲傻子！

我們最後一次談話後的兩星期期間，沒有發生什麼可以記錄下來的事。但我難以忘記發生在當時的一件極重要的事情，我有足夠理由記住它，甚至不會忘記其中最微小的細節。

8月7日，我們在連續下降後，來到了地下七十五英里深的地方：換句話說，我們頭頂上有著七十五英里高的岩石、海洋、大陸和城鎮。我們離開冰島已有五百英里。

那天坑道的傾斜度相當緩和。我走在前面，叔叔提著一盞路姆考夫燈，我則提著另一個，用以觀察花崗岩床。

在轉身的一刹時，我發覺這兒只剩下我一個人了。

「哦，」我想道，「我也許走得太快了，或者漢恩斯和叔叔在某地停了下來，我得回去找到他們，幸爾這兒的斜坡並不陡。」

我轉了回去，走了一刻鐘。我不停東張西望……可是，什麼人都沒有看到。我叫喊著，沒有回音，我的聲音漸漸消失在山頂的回聲中。

我開始急了，我的脊梁骨一陣顫抖。

「鎮靜！」我大聲對自己說，「我肯定會找到我的同伴的。這兒只有一條通道，畢竟，我差不多走在前面，我得往回走。」

半小時後，我爬上了斜坡。我傾聽著是否有人在叫我，因爲在這稠密的大氣裡，聲音可以傳播得很遠。然而，長長的坑道裡卻格外寂靜。

我停下了腳步，我沒法使自己相信這兒只有我一個人，我一定是一時誤入了歧途，但我不可能迷路。誤入歧途的人往往還能找到正確的路。

「來吧，」我自言自語，「既然這兒只有一條路，而且他們也肯定在這條路上，我一定會找到他們的，我可以做的就是繼續向上爬。除非，因爲沒有看到我，或忘了我是在前面，他們也一定會回頭。不過，要是那樣的話，我快一些也可以趕上他們。」

我像一個只剩一半信心的人一樣，不停地重覆著這些話。此外，光表白這些簡單的想法，就花了我相當長的時間。

接著，我又懷疑起來了，我眞的走在他們前面嗎？是的，這必然的，漢恩斯是跟著我的，他走在叔叔前面。我甚至記得他曾停下一會兒來調整肩上的行李，一定就在這段時間內，我走到前面去了。

「此外，」我想道，「我有一個根據可以說明我並沒有迷路，一根不會斷的線，引導我穿過這個迷宮，那是我忠實的河流。我只要跟著它往回走，肯定可以找到我的同伴。」

這種想法，令我精神一下子振奮起來，我決定一分鐘也不耽擱就出發。感謝叔叔的先見之明，他當初阻止漢恩斯堵住我們在花崗岩壁上鑿出的洞。這救命的河流，一路上供我們解渴後，現在又成爲我穿過地殼下曲折蜿蜒的坑道的嚮導。

在繼續向上爬之前，我想洗把臉清醒清醒會對我有利。

我蹲下身來，想將頭伸進〈漢恩斯小溪〉。

在極度恐懼和驚愕中，我發現自己竟是站在粗糙的、乾燥的花崗岩上，我的腳下並沒有河流流過！

第二十七章、迷失方向使我恐懼

那一刻，是無法描述我的失望了，因爲人類的語言中幾乎沒有一個字，可以用來形容我這種感覺。我被活埋了，只遺下一種受飢渴的煎熬而死的願望。

我機械地用我發燒著的手摸著花崗岩地面，那岩石是多麼堅硬，多麼乾燥啊！

然而，我是怎樣離開這河流所經之路的呢？因爲毫無疑問，它已不在這兒了。現在我明白了，當我最後一次傾聽是否有我的同伴的聲音傳來時，得到的卻是一種奇怪的沉默的原因了。那時我已走了錯誤的道路，顯然沒有注意到河流已不見了。這條坑道上顯然有一條分岔路，我走上其中一條路時，〈漢恩斯小溪〉卻流入了另一條反覆無常的斜坡，將我的同伴引入了不知名的深處。

我怎樣回去呢？這兒沒有一隻腳印，因爲我的腳在花崗石地面上沒有留下過痕跡。

我絞盡腦汁想找出解決這令人費勁的問題的辦法，不過只有四個字才能形容我目前的處境：我迷失了。

是的，在這樣深不可測的深淵裡走失了。那些七十五英里厚的岩石，似乎以一種可怕的重量壓在我的肩上，我快被壓死了。

我企圖回憶著地面上的事，我費了半天的勁才想起來。漢堡、科尼斯街的房子，我那可憐的葛拉蓓，這世界上所有已與我失去關係的一切在我可怕的記憶中迅速掠過。栩栩如生的幻覺中，我又看到了發生在我們旅行中的種種經歷，渡海、冰島、弗立特利克先生和斯奈弗。我告訴自己要是處在這樣的情況下，還能抱持著最後一線希望的話，我一定是個瘋子，我能做的最好的事，便是死了這份心。

人要費多大的勁才能打開我頭頂上這巨大的拱形岩石，將我帶回地面呢？誰能給我指引一條正確的路，讓我和我夥伴重逢呢？

「噢，叔叔！」我絕望地叫了聲。

這是我的嘴唇所能發出的唯一責備的詞，因爲我知道當這可憐的人在尋找我的時候也是多麼痛苦啊。

當我看到我已無法得到任何人爲的幫助，並且已不可能爲自己做點什麼時，我想求助於上帝。我回憶起我的童年，特別是我的母親，我只在很小的時候才見過的母親，她回到我的身邊來了，我跪下來虔誠地祈禱，我這時才想到求助於上帝，雖然他未必肯聽我的。

祈禱後，我鎭靜了下來，我能夠集中思想考慮我目前的情況。

我的水壺是滿的，我的食物也夠吃三天，然而，我決不能再一個人這樣待下去。我是向上走還是往下走？向上，當然我應該向上走，至少我可以回到我離開河流的地方，也就是那害人匪淺的岔路口。然後，跟著河流，我一定可以重返斯奈弗山頂。

我怎麼不早想到這一點呢？這兒顯然還有一線生機。目前最重要的就是找到〈漢恩斯小溪〉。

我靠著包鐵的棍子站起來，開始沿著坑道往回走。斜坡很陡峭，但我滿懷希望毫不躊躇地一個人走著，因爲我知道我已別無選擇。

在這半小時內一切都很順利，我試著靠坑道中斜坡表面凸出的地方和彎角的排列次序來認路。可並沒有發現什麼顯著的特徵。不久，我發現這條坑道並不能將我帶回分岔路那兒，因爲它伸到了死胡同，我不小心碰到一堵無法逾越的牆，整個人便跌倒在岩石地面上了。

那困擾著我的恐懼和絕望是無法描述的。我驚恐地躺著，最後的一絲希望，也被這道花崗石岩壁擊給得粉碎了。

迷失在這四面不通的迷宮裡，我已不再指望我會找到出去的路了，我命中注定是要死於這最致命的恐懼之中。一種奇怪的想法湧上我的思維，如果我那變爲化石的遺體有一天在這地下七十五英里的地方被發現時，一定會引起一些熱烈的科學爭論。

我試著大聲說話，可只有已經沙啞的聲音，從我枯乾的嘴唇間淌出，我只得躺在那兒喘著氣。

就在我這樣痛苦不堪的時候，又一種恐懼感襲擊了我，燈因爲我的跌倒而摔壞了。

我也不會修理，燈光於是漸漸暗淡了下來，很快就要滅了。

我眼睜睜地看著光線由於燈絲上的電流的漸漸減少而暗淡下來。一列影子掠過黑暗的岩壁，我不敢再眨眼，怕會失去這最後一線正在消逝的亮光。我目前轉睛地看著它消逝，黑暗開始一點點籠罩了我。

當最後一線光終於搖曳不定時，我焦急地注視著它，眼中的力量都匯集於這一線光線上，直到它終於熄滅，我便陷入了深不可測的黑暗之中。

接著，一陣恐怖的叫喊聲從我口中衝出。在地球上，即使是最黑暗的晚上，光線也從不會完全消失，只是很小很弱罷了，而不管它是如何的微弱，人的肉眼總還是能感覺到的。但這兒卻是完全漆黑一片。我似乎成爲一個絕望的瞎子了。

此時，我已迷失了方向。我伸著手站起來，試著摸索著前進。我開始在這困人的迷宮裡橫衝直撞，一直都在往下走，穿過地殼，像一個穴居人似地在這地洞叫著、喊著、吼著，不小心撞在堅硬的岩石上，跌倒了再爬起來，舔著臉上淌下的血，眞想衝上岩壁將頭撞得粉碎，一了百了。

我不知道我這樣發瘋似地跑，會跑到哪兒去。好幾個小時後，我已精疲力盡了，我頭朝下倒在地上便昏了過去。

第二十八章・我聽到了聲音

當我恢復知覺後，發覺臉已被淚水沾濕了。我沒法說出我昏迷了多久，因爲我已無法計算出時間來，從來沒有一個人像我現在這樣孤獨和無依。

自從跌倒以後，我流了很多血，我甚至可以摸到自己遍身都是鮮血。我是多麼怨恨我居然還沒死，我的面前還會有怎樣痛苦的考驗！我不敢再想下去了，疼痛令我難以忍受，我滾到了對面的岩壁腳下。

我彷彿再次失去了知覺，只希望一死了之！此時一聲響亮的聲音掠過我的耳邊，這聲音像是一聲悶雷，慢慢地就消失在這深淵的深處。

這聲音從哪兒來的？我以爲一定是地下發生了什麼變化，比如某種氣體的爆炸或某塊地層塌陷了。

我得繼續傾聽著，萬一這聲音再響起來……然而，一刻鐘過去了，坑道裡又恢復了寂靜。我什麼都聽不到，甚至包括自己的心跳聲。

忽然我將耳朵貼近自己依靠著的岩壁，隱隱約約好像聽到有人說話的聲音——模糊不清而又遙遠，但確實是人說話的聲音，我開始仔細捕捉這聲音。

「這是幻覺！」我心想。

然而，不——集中注意力一聽，我的確聽到有人喃喃說話的聲音，雖然我已相當衰弱，無法聽清他們說些什麼。不過我肯定有人在說話。

一會兒，我又恐怕那聲音是我說話的回聲，也許我已不知不覺地叫了出來。我緊緊閉上嘴唇，再次將耳朵貼在岩壁上。

「是，確實有人在說話！」

甚至當我離開岩壁幾步，也可以聽得很清楚。我辨出模糊的、陌生的、不可理解的詞，彷彿是低低說出來似的。有一個詞「forlorad」重複了好幾次，音調極悲哀。它是什麼意思？誰在說話？顯然是叔叔或漢恩斯。要是我能聽到他們說話，他們也一定聽到我說話。

「救命！」我傾盡全力喊道，「救命！」

我聽著，張大耳朵等待著黑暗中傳來的回音，一聲叫喊，甚至一聲嘆息。然而我什麼都沒有想到，幾分鐘過去了，世界上所有的想法都湧至我的腦海。我想一定是我的聲音太弱了，不能傳到我的同伴那兒。

「一定是他們，」我自言自語道，「這地下七十五英里的地方還會有什麼人呢？」

我再聽，一邊將耳朵在岩壁上移動，我找到聲音在這兒聽來似乎更清楚的地方。我聽到有人在說「Forlorad」，跟著是一聲悶雷將我從昏睡中喚醒。

「不！」我說，「不！這不是從岩石那兒傳來的聲音。這岩壁是堅硬的花崗岩，最響亮的爆炸聲也不能穿過其中，那麼聲音一定是由於某種特殊的傳音效果，而從坑道中傳來的。」

我再一次聽著，這一次我確實聽到了我的名字，這聲音是叔叔發出的。他正對嚮導說話，是用丹麥文。接著，我什麼都聽清楚了。爲了讓他們能聽到我的聲音，我應該沿著岩壁說話，這岩壁就會像鐵絲傳電那樣將我的聲音傳過去。

現在已沒有時間可以浪費了，要是我的同伴稍稍移動幾步，這聲音效果就會被破壞。因而我貼近岩壁，盡可能清楚地說道：

「李登布洛克叔叔！」

我極其焦急地等待著。聲音傳得不太快，高密度的空氣無法增加它的速度，而只能增加它的強度。幾秒鐘，像是幾世紀一樣過去了，終於我聽到了這些回音：

「阿克塞！阿克塞！是你嗎？」

「是我，是我！」我答道。

……………

「你在哪兒，孩子！」

「在這極黑的地方迷路了。」

……………

「你的燈呢？」

「它已滅了。」

……

「泉水呢？」

「不見了。」

……

「阿克塞，可憐的孩子，打起精神來！」

「等一會兒，我很疲憊。無力再回答了，我只能對自己說話！」

……

「振作起來，」叔叔接著說，「你不要說話，只需聽我說。我們在坑道裡上上下下找你，但一切都是徒勞。噢，我曾爲你而哭泣，孩子！最後，我們以爲你一定在『阿克塞小溪』的某個地方，我們回到泉水的下游，還鳴槍作爲信號。現在，雖然我們可以借助這種傳聲效果彼此可以聽到對方的聲音，我們的手卻碰不到對方。但不要絕望，阿克塞，我們已經可以互相聽到對方的聲音。」

當時我想著，一絲微弱的希望又回到了我心中。首先我已知道了該做什麼。我將嘴唇靠近岩壁說道：

「叔叔！」

「什麼，孩子？」幾秒鐘後回音來了。

「我們得知道我們相隔多遠？」

……

「那很容易。」

「你有時辰表？」

……

「是。」

「哦，拿起它，並念出我的名字，注意你說話時，確切是哪一種。我一聽到就回答你，你得記下收到我的回答時確切是哪一秒。」

……

「好，從我發出聲音到你回答我所需的時間，卻是我的聲音傳到你那兒所需時間的一半。」

「正是如此，叔叔。」

……

「準備好了嗎？」

「好了。」

……

「好，準備，我就要叫你的名字了。」

我將耳朵貼在岩壁上，當我的名字「阿克塞」一傳到我這兒，我便立刻回答道：「阿克塞。」然後等待著。

「四十秒，」叔叔說，「從第一聲發出到收到第二聲要耗去四十秒，因而聲音要傳過我們之間這段距離需要二十秒。依照一秒鐘一千零二十英尺，我門之間相隔二萬零四百英尺，就是不到四英里。」

「四英里！」我喃喃。

……………

「噢，這段距離不是不可能，阿克塞。」

「但是，我應該向上還是向下走？」

……………

「往下——我會告訴你爲什麼。我們正在一個巨大的山洞裡，有很多通道都通向這兒。你現在待的這一條肯定能將你帶到這兒，因爲所有這些裂縫和斷層都從我們所在的這個山洞內向四周伸展。所以請站起來，開始前進。必要時拖著你自己走，滑下這陡峭的斜坡，最後你會看到我們張開雙臂迎接著你。現在上路吧，孩子，上路！」

這些話提起了我的精神。

「再見，叔叔，」叫道，「我現在就離開這兒。我離開這塊地方就不可能跟你談話了。所以再見吧。」

…………

「Aurevoir，阿克塞，aurevoir（不能了）。」

這是我聽到的最後的幾句話。這偉大的語言，傳過地球幾乎四英里遠的地方，給我帶來了希望。感謝上帝，因爲他將我帶到這巨大的黑暗的空間，也許那是唯一可以聽到我同伴的聲音的地方。

這令人驚奇的傳聲效果可以用科學上的原理加以解釋。它是由坑道的形狀和岩石的傳導率決定的，像這種聲音傳播現象的例子有很多。在不少地方都可以觀察到這種現象，包括倫敦的聖保羅教堂的低音坑道，尤其在那些西西里的西拉庫斯石坑裡，其中最不尋常的地方被稱作「狄奧尼索斯的耳朵」。

這些事實都湧入我腦海，我意識到自從聽到叔叔的聲音後，我們之間便沒有了障礙。沿著聲音傳過的小道走去，假使我的精力還沒耗完的話，我一定可以到達這聲音的起點。

於是，我爬起來就拖著雙腿出發了，斜坡十分險峻，我就讓自己坐在上面滑下去。

接著，我以一種令人恐懼的高速度前進著，近乎垂直下落。我已無力停下來了。

忽然我腳下的地面消失了。我感覺到自己正從垂直的坑道裡跌下去，身體觸到岩壁上的凸起彈了回來，頭撞上尖硬的石頭，一下子失去了知覺。

第二十九章、得救了

當我醒過來時，發覺自己正處於半黯之中，整個人伸展在一張厚毯子上。叔叔正注視著我的臉，想找出一些生命的跡象。當我喘出第一口氣時，他抓住了我的手，而當我睜開眼睛時，他發出了愉快的叫聲。

「他活了！他活了！」他嚷著。

「是的。」我衰弱地回答。

「親愛的孩子，」叔叔說著，將我擁入他臂中，「你得救了！」

他說這些話時發出的慈愛的聲音令我深深地感動。甚至連他說話時伴隨著的手勢也令我感動。然而，只有在特殊的時候——就像現在這種情況，才會引起教授真正的惻隱之心。

這時漢恩斯走了過來，我想我應該確切地說，當他看到叔叔抓著我的手時，他的眼中溢滿了快樂。

「你好。」他用丹麥文說。

「你好，漢恩斯，你好，」我喃噥著，「現在，叔叔，告訴我我們現在在哪兒。」

「明天再說，阿克塞，明天，現在你太虛弱了。我已經用繃帶包紮好了你的腦袋，不要去動它。現在睡吧，明天我會告訴你事情發生的全部經過。」

「但至少該告訴我現在幾點了，今天又是幾號。」

「晚上十一點，今天是八月九日星期天。十號之前我嚴禁你再提任何問題。」

我的確非常虛弱，我的眼睛自動地合上了。我需要一夜很好的休息，於是一邊想著我怎樣孤零零過了三天，一邊就漸漸睡著了。

翌日，醒來時，我東張西望。我那用旅行毯子鋪成的床就設在可愛的山洞裡，洞頂裝飾著富麗堂皇的鐘乳石，地上鋪設著優質的細沙。洞內半明半暗的，沒有火把也沒有燈亮著，卻仍有一些神秘光線滲入山洞狹窄的開口。我還聽到一種模糊的、神秘的聲音，像是海浪撞擊在岩石上，並不時有像風蕭蕭的聲音響起。

我懷疑自己是否眞醒著，我是否在做夢，我是否摔壞了腦袋，我所聽到的是否純粹是假想的聲音。而我的眼睛和耳朵不可能被欺騙到這種程度。

「這眞是太陽光，」我想道，「從岩石裂口射進來的！那眞是海浪的澎湃聲和蕭蕭的風聲！我的想法是完全錯了？或者是我們眞的回到地面上了？叔叔已放棄了這次探險還是成功完成了這次探險？」

我正在問自己這些沒有答案的問題時，教授出現了。

「早上好，阿克塞，」他高興地說，「我正準備打賭你一定會好的呢！」

「我確實好了。」我在毛毯上坐起來，說道。

「這並不令人吃驚，因爲你睡得很好。漢恩斯和我一直輪流照顧你，我們看你恢復得很快。」

「當然我覺得我已好了，我正準備大吃一頓你給我的食物來證明我已好了吧！」

「噢，你可以吃東西了，孩子。你已退燒了，漢恩斯在你的傷口上塗了一些罕見的冰島藥膏，這些藥療效非常好。他眞是個能幹的小夥子！」

他一邊說著，一邊爲我準備了一些食物，我狼吞虎咽，不顧他叫我吃得慢些的勸告。當時我向他提出了一些問題，他都直接回答了我。

接著，我意識到那次幸運的摔跌正好將我帶到了這幾乎垂直的坑道的盡端。我落到大批石子中，這些石中最小的一個也足以致我於死地。我是和這些鬆散的石子一起跌下來的。這可怕的跌落將渾身是血和失去知覺的我送進了叔叔的手臂裡。

「這眞是個奇蹟，」他跟我說，「你能活了下來僅有百分之一的希望。看在上帝面上，不要再讓我們分開了，否則我們會永遠分開，再也不會見面了。」

不要再分開了？探險還沒有結束？我吃驚地睜大了眼睛，叔叔立刻問道：

「怎麼了，阿克塞？」

「我想問你一下，你是說我是安全且健全的？」

「是的。」

「我的四肢一個也沒跌斷？」

「一個都沒有。」

「我的腦袋也是？」

「除了一些傷痕外，你的腦袋完整無缺，挺起的你肩膀來。」

「哦，我恐怕我的大腦受了點影響。」

「你的大腦受了點影響？」

「是的，我們沒有回到地面，是嗎？」

「是，當然沒有。」

「那我一定是瘋了，因爲我看到了日光，我可以聽到刮風的聲音和海水擊在岩石上的聲音。」

「噢，只是這些嗎？」

「你不想解釋嗎？」

「我沒法解釋，因爲這是令人難以理解的，但你自己會明白的，你會懂得地質學家仍有很多東西要學。」

「我們出去吧！」我坐起來叫道。

「不，阿克塞！你不能吹風。」

「吹風？」

「是的，風很強勁，我不想你冒這個險。」

「可是，我告訴你，我感覺完全好了。」

「再忍耐一下，孩子。重蹈覆轍會給我們帶來痲煩，我們不能浪費時間，因爲這次航海可能是很長的一次。」

「航海？」

「是……今天休息，明天我們就要坐船了。」

「坐船？」

我開始提起精神。坐船？這就是說外面有一條河、一片湖、或海洋？那兒有船在等著我們？它停泊在地下港口？

我的好奇心被激發得活躍起來了，叔叔企圖阻止我。當他發覺限制我的不耐煩有可能比放縱我的好奇心更糟糕時，他讓了步。

我飛快穿上衣服，爲了額外的小心，我用一條毛毯將自己裹起來便離開了洞穴。

第三十章・地下海洋

起初我什麼也沒看見。我那已不習慣亮光的眼睛，自動合上了。當我再度張開眼睛時，我對眼前的景象感到又驚又喜。

「海！」我嚷道。

「對，」叔叔說，「李登布洛克海——因爲我不認爲會有其他探險家有資格與我爭奪發現這片海洋的榮譽，我完全能以我的名字爲它命名！」

這一大片連接著湖泊或海洋的水，看起來無邊無際。鋸齒形起伏的海岸爲海浪提供了它美麗的、金黃的沙灘，那兒散布著一些原始生物遺留下的小貝殼。浪濤撞擊著海岸發出一種被封閉的巨大空間所特有的宏亮而又奇異的聲音。柔和的風吹起一些閃亮的泡沫，有一些吹到我的臉上。在這距海浪約有二百碼的微微傾斜的海岸上，一道絕壁彎向令人難以置信的高度。一些尖利的橫嶺穿過海岸，形成了被拍岸之浪的牙齒嚼成的海角和岬。再向前，可以看到它們雄偉的輪廓在地平線模糊的背景上分外分明。

這是眞正的海，也有地球上的海洋善變的海岸線，然而表面看來卻絕對荒涼，而且荒涼得可怕。

如果說我的視線可以放遠到這片海洋的極處的話，那是因爲有一種特殊的光洩露了它的細部。這不是太陽光，它有著令人目眩的光線且極輝煌；也不可能是月亮那灰暗、模糊的光芒。它那震顫的光線擴散著，那純清明亮的白光，以及那股涼氣、比月光還要強的照耀力，顯然說明有一個電源。它彷彿是一道北極的極光，一種永恆不變的宇宙現象，照亮了這個足以容納一片海洋的山洞。

我頭頂上的圓頂，這天空——如果你喜歡，可以這樣叫——看來是由大朵大朵的雲構成，也就是一直在活動著變化著的水蒸氣，一旦凝結起來就能逐漸化成一場傾盆大雨。但當時「天氣很好」，電光投射在高高的雲上，形成一些奇異的景象。深暗的陰影中有著低低的螺旋狀之物，在兩層隔離層之間，常常有一道極強的光，照在我們身上。然而這不是陽光，因爲它似乎沒有熱量。這到處都是的電光令人感到無限的悲涼和傷感。我感覺到頭頂上並不是星光燦爛的天空，而是花崗石質的岩頂，它的重量令我有種壓迫感。這兒的空間雖然很大，但還不足以容納最小的衛星軌道。

接著，我回憶起一位英國上校的理論，他將地球喻爲一個巨大的空心球，當冥王星和另一顆星在它們神秘的軌道上運行時，地球內部的空氣會在大氣的壓力下發光——莫非他說對了？

我們的確被禁閉在這個巨大的山洞裡。它的闊度是無法做量的，海岸伸展到眼睛可以看到的最遠的地方，我們無法估測它的長度，我們的視線只能落到無盡的地平線

上。它的高度一定有好幾英里，我們的眼睛望不到它的花崗岩的洞頂，可是大氣中卻有雲飄浮著，我估計這些雲離地的高度是一萬二千英尺，高於陸地上雲與地面的距離，無疑是因為這兒空氣密度高。

顯然「山洞」這兩個字不足以形容這一大塊空地。然而，對於一個到地下深淵中冒險的人來說，人類的語言是完全不適用了。

此外，我不知道有哪種地質理論可以解釋這個巨大的洞穴的存在。這是地球冷卻時所造成的？我對地面上那些旅行者所描述的著名山洞十分熟悉，而它們之中沒有一個有這麼大。

韓伯爾德（一九六九～一八五九，德國博物學家、旅行家及政治家），曾下到地下二千五百英尺深的地方去探險——他已不可能下得更深了——結果揭開了哥倫比亞的高夏拉山洞的深度之謎。肯德基州的巨大山洞，容積之大也是眾所周知的，它的洞底是一片深不可測的湖，而洞頂距湖面有五百英尺。旅行者走了二十五英里仍未到頂。然而這些洞穴如何跟我現在正在仰望的，有著白雲天，發著電光和底下有一片大海的山洞相比呢？我的想像力在這龐然大物面前已感到貧乏了。

我默默地盯著這片奇觀，找不到語言可以來描繪我此時的感受。我彷彿身在某顆遙遠的行星，如天王星和海天星上，親眼看到一些對於「地球」我的上的自然界來說，是十分陌生的現象。這新的令人激動的事物需要一些新的詞匯來描述了，我的想像力沒法勝任。我不無惶恐地看著、想著、仰望著。

視野中，這一片無例外的自然景象令我的臉頰上重又浮起健康的顏色。我用驚奇感治療著自己，並依靠這種新奇的治療方式得以康復；此外，刺骨的、稠密的空氣，將大量的氧氣帶入我的肺部，使我恢復了活力。

不難發現，在這狹窄的坑道中過了四十多天的幽禁日子後，能呼吸到這潮濕、含鹽分的空氣極端的幸福。所以，我沒有後悔離開我那黑漆漆的洞穴，叔叔已見慣了這類奇景，不再對它們感到驚異了。

「你是否感到身體強壯得可以走一點路了？」他問我。

「是的，」我答道，「我是想走走。」

「挽著我的胳膊，阿克塞，我們沿著這曲折的海岸走吧！」

我迫不及待地照辦了，我們開始沿著這新海的邊緣而行。左邊是重疊的陡峭的岩石，形成驚人的令人難忘的巨大的一堆。下側翻騰著無數小瀑布，響亮地瀉入這一片清冽的汪洋之中。來自於一塊塊岩石之間的輕飄的水蒸氣，指示著溫泉的所在地，河流柔和地匯入共同的盆地，當它們流下斜坡時，發出了悅耳的汩汩聲。

在這些河流中間我認出了我們忠實的夥伴——〈漢恩斯小溪〉，它靜靜地流入大海，彷彿自從開天闢地以來就如此。

「我們會想念這條小溪的。」我嘆了一口氣說。

「胡說！」教授說，「有沒有這條河或其他河，跟我們有何相干？」

我覺得這種回答有點「忘恩負義」啊！

然而，當時我的注意力被一個意外的景色吸引住了。五百碼以外，在一片陡峭的海角盡頭，出現了一片由中等高度的傘形樹木組成的高大而稠密的森林。樹的輪郭呈幾何圖形。風似乎絲毫不能動搖這些樹的葉子，它們在風中依然如堅硬的杉木那樣，一動不動。

我加速腳步跑上去，急切地想知道這些奇異的東西的名稱。它們是不是已知二十萬種植物以外的一種？它們是不是在這湖邊植物中占據著一席特殊地位？不，當我們抵達它們的濃蔭下時，我的驚異立即轉化爲讚賞。實際上我發覺自己面對的是地球上的產物，但這裡的比例卻大得多。叔叔立即叫出了它們的名字。

「這是蘑菇林。」他說。

他是對的，可以想像這些喜好熱量和水份的植物長得是多麼大啊。我知道如依照布里亞的看法，蘑菇的圓周長至多八～九英尺，而這兒的白蘑菇卻有三十至四十英尺高，頭部直徑也有三、四十英尺。這裡的蘑菇有幾千個，光線無法透過它們之間的縫隙，圓頂間的區域完全是一片漆黑，這些蘑菇聚集在一起幾近非洲城市裡的圓屋頂。

我仍在往前走，雖然在這些肥胖的圓屋頂下面感覺冷得要命。我們在這些潮濕的濃蔭下遊盪了半個小時，當找回到海岸時，有一種眞正解放的感覺。

這地下區域的植物並不僅僅限於蘑菇，再遠處還長著一簇簇葉子色暗淡的樹木。它們就像地面上一些低矮卻長得極大的灌木，高達一百英尺的石松、巨大的封印木、長得跟北方的松樹一樣高的棕櫚以及帶有圓筒形並呈叉狀的莖枝，枝端有著很長的葉子和豎著與巨大的仙人掌一樣的粗毛的植物。

「驚人，精彩，好極了！」叔叔高興地嚷道，「在這裡我們面對著地質時代的第二時期——古生代——時期的全部原始植物。這裡都是我們的低賤的田園植物，它們在地球早期階段時是樹！看，阿克塞，讚嘆吧！從來沒有一位植物學家像現在那樣大飽眼福過呢！」

「你是對的，叔叔。看來上帝想在這巨大的溫室裡，保存這些已被科學家巧妙重造的原始植物。」

「如你所說，孩子，這眞是一間溫室，然而你還得補充一點，就是說這也是一個動物展覽。」

「動物展覽？」

「是的，動物展覽。看看我們正踏著的灰，地上分散著一些骨頭。」

「骨頭？」我叫，「哇，是的，這些都是原始動物的骨頭。」

我跑到這些原始的遺骸旁，它們是由不可毀滅的碳酸鈣組成的。我毫不遲疑就認出這些巨大的骨頭，它們看來就像是枯樹的軀幹。

「這是乳齒象的下顎骨，」我說，「那是大腿骨，它只能屬於那些巨獸中最大的一種——大懶獸。是的，這的確是動物展覽，因爲這些骨頭不可能因爲地球表面的劇變而被帶到這兒來的。這些動物本來居住在這地下海岸旁的那些原始植物的濃蔭下。哇，我甚至還能看到整具骷髏。可是……」

「可是，什麼？」叔叔問。

「我不懂在這花崗岩洞穴中，怎麼可能有這樣巨大的四足動物出現。」

「爲什麼不可能？」

「因爲這些動物要到第二期早期，當固體沖積土由於洪水而沉積下來，並代替了上古時代的赤熱岩石時，才會出現。」

「哦，阿克塞，這是個很簡單的問題，這土壤就是沖積地層。」

「什麼！在地下這麼深的地方？」

「嗳，是的，這完全可以在地質學上得以解釋。在一段時期，地球的外殼極有彈性，會因吸引力的關係而上升或下降。很可能當地殼陷下，沖積土壤就會被帶到突然裂開的深淵底部去了。」

「一定是這樣的。然而要是原始動物曾經生活在這些地下的區域裡，我們又怎樣知道這些巨獸不會在這些幽暗的樹林裡，或是躲在這些陡峭的岩石後面？」

這種想法激動了我，帶著恐懼感，我從地平線各個角度觀察著。可是，在這荒涼的海岸上什麼活的動物都沒看見。

我已累壞了，因而走過去在海角的盡頭坐下，在它腳下，海浪拍擊著岩石發出很響的聲音。從這裡我可以看到整個犬牙交錯的海岸。在這海岸的彎曲處還有由金字塔形岩石形成的小港口，裡面的水由於避開了風，安靜得像是睡著了似的。這個港口裡可以容納一艘二桅船和兩、三艘縱帆船。我幾乎想看到一些船漲滿了帆浮現在這港口中，並順著南風駛出海去。

然而，這種幻想很快就消失了。我們肯定是這地下世界中唯一活著的動物。當風停下時，有一種寂靜，比荒漠中更甚的寂靜，籠罩了這不毛之地，並重重地壓在海面上。我試著透過這遠處的霧，揭開這遮在神秘的地平面上的簾布。我的嘴巴裡發出一連串問題。這海的盡頭在哪兒？它又通向哪裡？我們有希望到達對岸麼？

至於叔叔，他並不懷疑什麼。而我自己，卻既希望知道又害怕知道。

在對著這壯麗的景色凝視了一個小時後，我們便沿著海岸回到洞穴裡，然後在這最奇怪的想法的影響下，我陷入了熟睡之中。

第三十一章、木筏

翌日我醒來時，傷口已完全痊癒了。我想沐浴一次會有益於健康，於是我就在這「地中海」中泡了幾分鐘——這片海比其他任何海更配得上這個名稱。回來享用早餐時，我已餓壞了。漢恩斯正在做飯，他有著可以聽其支配的水和火，因而他還能變著花樣改善我們的口味。他供給我們幾杯咖啡當作餐後的甜點心，我從來沒有喝過比這更美味可口的飲料了。

「現在，」叔叔說，「正在漲潮，我們不能錯過這種現象的好機會。」

「漲潮？」我嚷道。

「對，當然了。」

「你的意思是說日月的引力對這兒也能產生作用？」

「爲什麼不能？一切東西不是都順從宇宙引力定律嗎？這大片海水又如何擺脫這普遍定律呢？因而不管在它表面氣壓多麼大，你們可以看到它和大西洋一樣漲潮。」

當時我們正步行在海岸的沙地上，海浪正漸漸地湧近海岸。

「你說對了，」我叫，「潮水開始上漲了。」

「是阿克塞，根據泡沫的湧起情況，我估計海水將上升約十英尺左右。」

「多了不起啊！」

「不，這很自然。」

「你愛怎麼說就怎麼說，叔叔，但我所看到的一切對我來講卻很特別，我簡直不敢相信我的眼睛。誰能想像得到在地殼下面還有一片眞正的海洋，而且它也有潮起潮落大風和暴雨的現象？」

「爲什麼想不到？有沒有什麼科學理論證實這兒沒有海洋嗎？」

「除了地心熱這一說法外，我尚未見過有其他理論。」

「那麼到目前爲止，大衛的理論是正確的？」

「當然，無論如何到現在爲止，還沒有理論可以證明地球內部爲什麼沒有其他海洋和陸地。」

「十分正確——當然這兒沒有人煙。」

「哦？那爲什麼這水中沒有出現不知名的魚類呢？」

「無論如何，我們還沒看到任何一條。」

「哦，我們可以製作一些線和魚鉤，看看是不是可以像在地面上一樣獲得成果？」

「我們來試試吧，阿克塞，因爲我們得搞清楚這新發現的地方的一切秘密。」

「可是，我們在哪兒呢，叔叔？那是我還沒有問你的一個問題，而且你的儀器一定可以給予我們答覆。」

「依水平線來看，我們正在離冰島八百七十五英里的地方。」

「有這麼遠嗎？」

「我敢肯定誤差不會超過一英里。」

「而且啊！羅盤仍顯示著我們所朝的方向是東南方？」

「是的，且向西偏19º 45'，就如在地面上一樣。至於它的傾斜度，我倒注章到一種奇怪的現象。」

「什麼現象？」

「羅盤的指針，並不像在北半球那樣指向極端，而是朝上指著。」

「那是不是意味著這磁極處於地球表面和我們所在處之間？」

「完全正確，毫無疑問我們正在極區的下面，靠近緯度七十度，也就是傑姆．羅斯發現磁極的地方，我們可以看到羅盤的指針筆直向上指，因而這神秘的吸引力的中心顯然不會在很深的地方。」

「淺顯易見地，這是到目前爲止科學還沒有懷疑過的事實。」

「科學，孩子，它本身就包含著許多錯誤，不過這些錯誤並非沒有用處，它們會一點點引向眞理。」

「我們已下到了多深的地方？」

「八十八英里。」

「所以，」我說，邊察看著地圖，「蘇格蘭的山區就在我們上面，在我們頭頂上蘇格蘭高地的雪峰處於難以置信的高度。」

「是的，」教授笑著回答，「上面的地層要承受很大的重量，不過這頂部是結實的，宇宙最偉大的建築師用最好的材料建造了它，人類當然無法提供這樣巨大的架位。橋拱部分和教堂的中跨部分如何與這半徑至少有八英里，足以容納一片海洋及其暴風雨的地下拱形圓屋頂相比？」

「噢，我可不怕這屋頂會崩陷，不過現在，叔叔，你的計劃是什麼呢？你不想回到地面上去嗎？」

「回去？當然不！無論如何，我們要繼續這次旅行，到目前為止一切都很順利。」

「可是，我不知道我們如何下到這液態的平原中去。」

「噢，我的意思不是潛入這海底下去。可是如果所有的海洋實際上都可以被稱爲湖泊，因爲它的都是被陸地圍起來的，那麼，這片地心的海洋也完全可能是由一大塊花崗岩圍起來的。」

「是的，我也這樣認爲。」

「哦，我可以肯定在對岸可以找到新的路。」

「你猜想這片海有多長？」

「在七十到一百英里之間。」

「啊！」我說，心想這個估計可能完全是錯的。

「別浪費時間了，我們明天就出發。」

我不由自主地東張西望，想找到可以將我們運過海的船。

「噢，」我說，「我們得出發，對不對？好！然而船呢？」

「不會有船的，孩子，我們將有一隻結實的好木筏。」

「木筏？」我叫，「可是木筏和船一樣難造，我不明白……」

「你不明白，阿克塞，不過要是你注意聽，你就可以聽到。」

「聽到什麼？」

「是的，聽到斧子砍動的聲音，它會告訴你，漢恩斯已開始工作了。」

「造木筏？」

「是的。」

「什麼！漢恩斯已砍倒了樹？」

「哦，那些樹已倒下了，來吧，你可以親眼看到這一切。」

步行了一刻鐘後，在形成這個天然的小港口的海角另一邊，我看到漢恩斯正在工作。再前進幾步後我就站在他身邊了。我吃驚地看到一隻已造好一半的木筏躺在沙地上，它是用一種特殊的木材教成的。地面上堆放著的厚板、曲材及各種木架，足以造一排木筏。

「叔叔，」我說，「這是什麼木頭？」

「這是松木、鐵杉、白樺及各種北方的樹木，由於海水的侵蝕而礦石化了。」

「眞的？」

「這就是所謂的化石木。」

「可是，像褐炭一樣，它一定跟石頭差不多硬，而且重得沒法浮起來吧？」

「有時會這樣，有些木頭已成了眞正的無煙煤，但其它的，就是我們用來造木筏的，只是部分化石化了。看！」叔叔接著說，將其中一根寶貴的木頭扔到海裡。

這一片木頭，在視線中消失了一段時間後，又浮起在水面，隨著浪濤的運動上上下下搖擺著。

「你服氣了沒？」叔叔問道。

「我還是相信這是不可能的！」

第二天晚上，感謝嚮導的技巧，木筏造成了。它長約十英尺、寬五英尺，化石木的橫樑由一根粗壯的繩子連在一起，構成很牢固的平面，這隻即席做成的船，一下子就平穩地漂浮在〈李登布洛克海〉的水面上。

第三十二章・出海

八月十三日早晨我們很早就醒了，急切地想採用又快又簡便的新旅行方式。

木筏上的裝備是一具由兩塊桶板綁在一起的桅杆、一隻桶板製成的帆架、毛毯權充的帆。連繩索也不缺，整條船製作得相當好。

乾糧、旅行包、儀器、武器和大量新鮮的水都放在船上，六點整，教授發出了上船的命令。漢恩斯裝備了一個舵，以便駕駛這條船，他撐起了舵柄。我解開了將我們碇泊在岸邊的繩索，帆漲了起來，我們立刻便出發了。

我們一離開小港口，喜歡給地理環境命名的教授就提議給這小港口起個名字，並推薦了我的名字。

「我有一個比你所建議的更好的名字。」我說。

「什麼名字？」

「葛拉蓓。葛拉蓓港，在地圖上它會是個很可愛的名字。」

「就叫它〈葛拉蓓港〉吧！」

我那親愛的維爾蘭女孩的回憶，就和我們這次奇異的探險連結在一起了。

風從西北方吹來。我們順風以極快的速度前進著。高密度的空氣彷彿一把有力的扇子以可怕的力量，推動著帆。一小時後，叔叔已經能計算我們的速度了。

「要是我們照此情形前進，」他說，「我們二十四小時內至少可行七十五英里，不久就可以到達對岸了。」

我沒有回答，只走到前面坐下。北面的海岸已經沉下入地平線中，東西兩邊的海岸也彷彿爲了便於我們駛過，正越分越開。我的眼前展開著一片汪洋大海，大塊雲彩的灰影掠過海面，像是壓在這暗淡的水面上似的。電燈射出的銀色光線被大朵大朵的浪花反射回來。在木筏駛過水面形成漩渦上投下幾點光斑。不久整片陸地就消失在視野中了，什麼東西都看不到，如果不是水沫在湧動，我會以爲我們的木筏是完全靜止的。

中午時分，有大團大團飄浮在浪濤上的海藻出現在我的視野中。我知道這些海藻的繁殖能力。它們生長在海底一萬二千英尺深的地方，在四百個大氣壓下繁殖，而且常常形成足夠大的一團團阻礙船的前進。不過，我想我還從來沒見過像〈李登布洛克海〉中這樣巨大的海藻。

我們的木筏行駛到三、四千英尺長的墨角藻屬的海藻附近，這海藻彷彿巨蛇伸展向我們視線以外的地方，我的目光追隨著這些無盡的帶子，不時想像著我已到達了它們的盡頭，然而一小時又一小時過去了，我的耐性在經受考驗，我的驚異卻絲毫未減。

創造這種植物的是一種怎樣偉大的自然力量啊。地球在最初形成的時期，在熱量和濕氣的作用下，其表面上只有植物稱霸時會是怎樣一種景象啊？

夜幕降臨了，然而，正如我在前天注意到的一樣，空氣中的光澤並未減少。這是恆定的現象，它的這種永恆性是可信的。晚飯後，我攤開四肢躺在桅杆底下，沒多久我就進入了甜蜜的夢鄉。

漢恩斯一動不動地撐著舵板，任憑木筏順風而行，他無需駕駛它了。

我們一離開〈葛拉蓓港〉，叔叔就命令我堅持記航海日記，記下任何觀察結果和有趣的現象，風向、木筏的速度、經過的路程長度，總之，將我們這次新奇的旅行中發生的每件特別的事都記下來。

因而，我將按照事實記下來的日記，提供一段我們旅行過程中的詳細記錄——

八月十四日，星期五，一直刮西北風。木筏航行得又快又直。海岸在下風方向七十五英里以外。地平線上什麼都看不見。光的強度不變。天氣很好，換句話說雲位於高處，羊毛似的柔又白，浸在像是溶化了的銀子似的白色大氣中。溫度表上指著攝氏三十二度。中午時分，漢恩斯將魚鉤繫在線上，用一小塊肉當魚餌，然後將它扔入海中。兩個小時過去了，他什麼都沒釣到，我們開始想這些水中是沒有生命存在的。然而這時魚線動了一下，漢恩斯把線拉起，從水中帶出一條拼命掙扎著的魚。

「一條魚！」叔叔叫道。

「是鱘魚，」我接著叫，「一條小鱘魚！」

教授仔細地觀察這條魚，然後得出了不同的結論。這條魚有一個平而圓的腦袋，它的身體前面部分蓋滿了骨質的鱗片；它有著發達的胸肌卻沒有牙齒和尾巴。這自然是屬於自然科學家定名爲鱘的魚類家族，但在一些基本的細部又不同於一般鱘魚。

叔叔將這些都記錄了下來，作了簡短的觀察後，他說：

「這條魚屬於滅絕了很久的族類，我們僅在德文郡的化石區裡發現過它。」

「什麼！」我嚷道，「你的意思是說我們找到了生活在原始海洋中的一位居民？」

「是的，」教授答道，繼續他的觀察，「你可以看到這些魚類活化石和現代的種類有所不同。能找到這些活的生物對自然學家來講是一件快事。」

「可是它屬於哪一族類呢？」

「屬於硬鱗魚系、楯頭魚族，至於類別……」

「哦？」

「是翼鰭類，我敢發誓！它們顯示著特殊的共同處，因而居住在地下水中的魚都有這種特點。」

「什麼特點？」

「它是瞎子！」

「瞎子？」

「不但瞎，而且根本沒有眼睛。」

我看著那條魚，叔叔說的是實話。但這可能是例外的情況，於是魚鉤又被上好魚餌扔回海中。這片海洋肯定很富饒，因爲兩個小時內我們就釣到大量翼鰭類的魚，以及其他一些已經絕了種的魚——雙鰭魚，然而叔叔判斷不出它屬於哪一類型。這些魚沒有一條有眼睛。所有這些魚都非常有利於我們食物的補充。

看來很明顯這片海除了含有化石生物外什麼都沒有，裡面的魚類和爬行類都跟它們剛被創造出來時差不多。也許我們可能會遇到科學家根據殘存的一點骨頭或軟骨複製的蜥蜴類動物中的一部分。

我拿起望遠鏡看海。它極荒僻，毫無疑問我們是離海岸太近了。

我朝上看。在這高度的大氣中爲什麼沒有不朽的屈費爾（一七六九～一八三二、法國博物學家）複製過的那些鳥在拍打著它們的翅膀呢？魚可以供給它們足夠的食物。我在我頭頂上方的空氣中搜尋著，然而這空氣跟海岸一樣荒涼無比。

現在，我的想像力將我帶到了古生物學的奇妙境界中去了，我沉迷在史前的白日夢裡。我幻想著我看到巨大的象龜飄浮在水面上，像浮著的島一樣的原始鱉魚。有巨大的早期哺乳動物沿著黑暗的海岸經過。再過去點，一種神經麻木的稜齒獸——一頭巨大的貘躲在岩石後面，準備和無防獸搶肉食，無防獸看起來像是一種犀牛、馬、河馬以及駱駝的混合物，好像上帝在世界剛開始的頭幾個小時內太匆忙了些，將許多動物結合爲一種。巨大的乳齒像搖擺著它的長鼻，用它的長牙撞擊著海岸上的岩石。巨大的四肢撐著的大懶獸在地面上掘洞，它的咆哮聲足以激起花崗岩的回聲。上面，原猴——地球上第一隻猴子，在陡峭的山峰上攀登著。再上面，翼手龍用它長著翅膀的爪子，像一頭巨大的蝙蝠一樣掠過高密度的空氣。最後，在大氣的較高層，一些比火雞更強壯，比駝鳥還大的始祖鳥，拍擊著它寬闊的翅膀，向上飛起用腦袋去觸花崗岩的天花板。

整個花石世界又在我的想像中活起來。我回到了開天闢地的遠古時代，也就是在人類誕生之前很久的時代，那不完整的世界還不是爲人類準備的。而後我的夢境又將我帶到生命出現之前更久的年代。此時哺乳動物消失了，接著是鳥類、接著是第二時期的爬蟲、最後是魚類、甲殼動物、軟骨動物和有節的無脊椎動物。過度時期的珊瑚蟲、海葵之類的植物形動物也跟著化爲烏有。

整個生物世界都在我的幻想中濃縮了起來，在這荒無人煙的世界中，我的心臟是唯一跳動著的東西。這兒沒有了四季或氣候，地球內部的熱量穩定地增加著，並中和了來自於太陽的熱量。植物長得相當大，我像一個鬼似地走過喬木狀的羊齒植物旁，漫無目的地徒步走在呈紅色的石灰岩和斑駁的石頭上。我背靠著巨大的針葉樹的軀幹；躺倒在高達一百英尺的楔葉目植物、星木和石松網植物的濃蔭下。

幾百年像是幾天一樣過去了。我的思想向後倒退著，來完成這長長的一系列地球上的變化。植物消失了，花崗岩軟化了，在劇烈的熱作用下，固體溶化爲液體；地球表面

都是沸騰著、蒸發著的水，地球上空充滿了水蒸氣，並漸漸地轉變爲白熱化的、和太陽一樣又大又亮的氣體。

在這星雲中心，我穿過了星際空間。我的身體在一點點地蒸發掉，又像一顆極輕的原子似地結合起來隨著水蒸氣追蹤著它們燃燒著的軌跡穿過無限大的空間。

這是怎樣的一個夢！它會將我帶到哪兒？我發燒的手在紙上記下了我的旅行中這新奇的細節。我已忘記了一切——教授、嚮導、木筏。整個人沉迷於幻覺之中了。

「怎麼了？」叔叔問道。

我瞪視著的目光落在他臉上，卻看不到他。

「小心，阿克塞，否則你會掉下船去！」

這當兒我感覺到漢恩斯緊緊抓著我。要是沒有他，在夢境的影響下，我會將自己扔到海裡去的。

「他瘋了嗎？」教授嚷道。

「什麼事？」我終於清醒過來。

「你病了嗎？」

「沒有。我僅是一時幻想而已，但現在已過去了，一切都好嗎？」

「好，我們進展得很順利，除非你的計算是錯的，我們很快就可以靠岸了。」

一聽這些話，我就站起來凝望這地平線；然而，在這水天之間我什麼也看不到。

第三十三章．巨獸之戰

八月十五日，星期六。海洋仍舊是一片單調的景象，也看不到陸地。地平線看來還是遙不可及。

那一場夢中栩栩如生的場景，仍使我的大腦處於恍恍惚惚之中。

叔叔沒有做夢，但他的脾氣卻很壞。他一直用望遠鏡掃視著地平線，接著便交叉起雙臂，顯出煩惱的樣子。

我發現李登布洛克教授又恢復了他毫無耐心的本性，我將這個發現記於我的航海日記。我曾經遭遇了多大的危險，忍受了多大的苦難，才激起他的一點點人性，而自從我恢復健康以後，他的本性也復原了。是什麼使得他這樣煩惱？我們的航行不是一切都很順利？木筏也以最快的速度前進著？

「你看來很焦急，叔叔。」我看著他不停地將望遠鏡放到眼前，說道。

「著急？不，一點都不。」

「那麼是不耐煩了？」

「任何人都會不耐煩的。」

「可是，我們現在前進得很快……」

「那有什麼用？並不是我們的速度太慢，而是這片海太大！」

這時我才回憶起我們出海前教授曾估計這「地中海」的長度約在七十五英里左右。現在我們已航行了三個七十五英里，可卻還沒有看到南面的海岸。

「我們也不斷在下降！」教授繼續說，「這簡直是在浪費時間，因爲我到底不是到這個池塘裡來小游的！」

他把這次航海稱作小游，把這片大海叫做池塘！

「可是，」我說，「看來我們正沿著薩克努尙指示的路走……」

「這就是個問題。我們是在走那條路嗎？薩克努尙碰到過這無垠伸展的海嗎？他也曾到過這片海嗎？那條我們當作嚮導的河流會不會將我們引入歧途？」

「無論如何，我們已沒法後悔走這麼遠。這兒的奇觀也很不錯，而且……」

「這兒的奇觀跟我毫無關係。我只有一個目的，我要實現它。所以，不要跟我談論什麼了不起的奇觀……」

我聽從了他，並讓教授一個人去咬著嘴唇發急。

晚上六點時，漢恩斯來索取他的薪水，叔叔數了三元錢給他。

八月十六日，星期天。沒有什麼新的事情發生。同樣的天氣，只有風稍微帶點涼意。我醒來時，第一個念頭就是去看看光線的強度。我怕這電光會變暗，然後完全熄滅。然而，看來是無需擔憂的，木筏的陰影清晰地影現在水面上。

海洋看來仍是無邊無際。它的寬闊應該無異於地中海或是大西洋——怎麼不是呢？叔叔不停地測量著水的深度，將一把沉重的鐵鎬，繫在繩子末端放下水去，下到二百噚卻還是碰不到底，而要拉起這重物卻有些困難。

當鐵鎬拉回到船上時，漢恩斯指給我們看它表面的痕跡。

這片黑鐵彷彿被兩片硬東西夾過似的。

我看著嚮導。

「Tander。」他說。

我不懂他在說什麼，我轉向叔叔，他正在沉思中，我不想打擾他。我又回過頭來看著這位冰島人，他的嘴巴一張一合了好幾次，才使我明白了他的意思。

「牙齒！」我驚奇地說，邊仔細地看看這鐵耙。

是的，這塊鐵上確實有牙齒的印記。長著這些牙齒的顎骨所使的力氣，一定是令人難以置信的強大，這是生活在水底下的史前巨獸的牙齒嗎？一頭比鯊魚更貪吃，比鯨魚更強大的巨獸？我無法將視線從這已被咬去一半的鐵鎬上移開。我昨夜曾做過夢成為現實了？

這種想法，折磨了我一天，睡過幾小時後，我的神經才穩定下來。

八月十七日，星期一。今天我試著回憶過度時期侏羅紀的原始巨獸的特徵。它們是在軟體動物、甲殼動物及魚類之後，哺乳動物之前，出現在地球上的。那時的世界是屬於爬蟲類的，那些巨咽完全統治著侏羅紀的海洋。自然賦於它們完美的構造、巨大的體格和驚人的力量。目前的蜥蜴類動物，哪怕是最大、最可怕的鱷魚，與它們的早期祖先相比，也是十分退化、不堪一擊的品種。

我一想起這些巨獸就戰慄不已。沒有人見過這些巨獸活著時的樣子。它們在人類出現之前的一千個世紀，就已出現在地球上了，然而它們的骨頭化石，曾在英國人稱爲賴斯的粘質石灰石裡挖出來，根據這些化石，我們可重組它們的身體，並了解它們巨大的身體構造。

我曾在雙堡博物館裡見過這些蜥蜴三十英尺長的骷髏。我這個地面上的居民，注定會與這些原始家族中的代表見面嗎？不，那是不可能的。可是這鐵鎬已印上了強有力的牙齒留下的記號，從這印痕我可以看出這些牙齒類似鱷魚牙齒的圓椎形狀。

我恐懼地瞪視著海，怕看到這些水底洞穴的居民中的一位忽然跳出來。我想李登布洛克教授一定和我有同樣的想法，但並不像我那樣害怕，因爲在看過這鐵鎬後他仍繼續看著海洋。

我自言自語著，「他幹嘛要測量水的深度？顯然他已打擾了這巢穴中的動物，我們將會受到襲擊……」

我看看槍，它們都準備得很好。叔叔注意到我想幹什麼時，讚許地點了點頭。水面上一塊地方已經動盪了起來，這說明了水下的騷動。危險就在眼前，我們得警戒起來。

八月十八日，星期二。夜幕降臨了，更確切地說，是我們的眼皮沉重得要垂下來了。因爲在這海洋上是沒有夜晚的，強烈的光線使我們的眼睛感到困倦，彷彿我們正在極地的日光下航行。漢恩斯把著舵，他望風的時候，我睡著了。

兩個小時後，我被一種巨大的震動驚醒了。木筏被水面上一種難以形容的力量頂了起來，並被投出一百多英尺遠。

「怎麼了？」叔叔嚷道，「我們是不是觸礁了？」

漢恩斯指著大約四分之一英里之外的一大塊不斷上升和下降的黑暗的東西，我一看就叫道：

「大海豚！」

「是的，」叔叔答道，「還有一頭巨大的海蜥蜴。」

「再過去點還有一條大鱷魚！看著它那巨大的顎骨和幾排牙齒！噢，它不見了！」

「鯨魚！鯨魚！」教授叫道，「我可以看到它那巨大的鰭，看天空，水正從它身上的出氣孔噴出！」

眞的，海面上高高地掀起兩根水柱。我們看著這一群海中的巨獸又驚又怕，幾乎昏了過去。它們是如此龐大，即使是最小的也能用顎骨將我們的木筏咬毀。漢恩斯搖著舵想將船駛離這危險地帶，然而在相反的方向，他看到一些更可怕的敵人——長約四十英尺的龜和長爲三十英尺的巨蛇，急速地搖動著它們的腦袋，伸出在水面上。

逃跑成了一個問題。這些爬蟲越來越近，並以比火車更快的速度繞著木筏轉，漸漸地將包圍圈縮小。我抓起來福槍，而子彈卻只能在這些動物身上打出個小傷痕。

我們已嚇得說不出話來了。它們正離我們越來越近——鱷魚在一邊，巨蛇在另一邊，餘下的一群則消失了。我正準備開火，漢恩斯卻作手勢止住了我。這兩頭巨獸在離木筏一百碼以外彼此向對方猛撲，並沒有看到我們。

搏鬥在兩百碼以外開始了。我們可以清楚地看到這兩頭巨獸彼此纏在一起。然而接著在我看來其他動物也想加入這場戰鬥——海豚、鯨魚、蜥蜴和鱉魚，我不再瞥見它們中的一頭或另一頭。

我將它們指給嚮導看，然而他搖搖頭。

「Iva。」他說。

「什麼，兩頭？他說這兒只有兩頭野獸……」

「他是對的。」叔叔說，他的望遠鏡沒有離開他的眼睛。

「他錯了！」

「他是對的。這些巨獸中的第一頭有海豚的鼻子、蜥蜴的腦袋。鱷魚的牙齒，將我們頂出水面的就是它。它是這些原始爬蟲中最可怕的魚龍！」

「另一頭呢？」

「另一頭是有著鱉魚的硬殼的蛇，是第一頭的死敵——蛇頭龍！」

漢恩斯沒錯，他是對的。

海面上只有兩頭巨獸在騷動著，我的眼前是兩條原始海洋中的爬蟲。我看到魚龍充血像人的腦袋那麼大的眼睛。自然賦予它巨大的能承受在水底深處壓力的視覺器官。它曾被稱作蜥蜴鯨，因爲它有著鯨魚的速度和身材。眼前這頭長度不少於一百英尺，當它在波浪上抬起它筆直的尾鰭時，我可以估量出它的大小。它的顎骨非常大，動物學家一致認爲它至少有一百八十二顆牙齒。

蛇頭龍，就是有著圓筒形身體和短尾巴，有著像槳似的四肢的蛇。它的身上蓋滿了鱗片，像天鵝一樣可以伸縮的頭頸在水面上一抬起就是三十英尺高。

這兩頭野獸憤怒地互相攻擊著。它們掀起了山似的巨浪，遠遠地可以打到木筏，好幾次我們幾乎給覆沒了，還有響亮的噺噺聲傳到我們耳中。兩頭巨獸纏繞在一起，沒法區別哪是魚龍哪是蛇頭龍了。這些征服者失去理智的憤怒令人膽戰心驚。

一小時、兩小時過去了，戰鬥卻愈來愈激烈了，戰鬥者時而靠近木筏，時而又離去。我們一動都不敢動，隨時準備開槍。

忽然這魚龍和蛇頭龍都不見了，水面上形成了一道眞正的漩渦，幾分鐘過去了。這場戰鬥是不是將在海底結束？

一個巨大的腦袋忽然伸出水面，那是蛇頭龍的腦袋。這頭巨獸已受了重傷。我在也看不到它巨大的甲殼了，而它長長的脖子依然抬起，又落下，蜷曲起來又伸直。像條巨大的鞭子一樣掀起了浪濤，像條被一劈爲二的蠕蟲一樣扭動。海水湧向各處，幾乎將我們淹沒。可這頭爬行動物的死亡之苦很快就過去了。它漸漸平息下來，扭動也停止了，生命力一點點從它身上游走。最後這條長蛇平躺在平穩的波浪上了。

至於魚龍，它回到它的海底洞裡去了嗎？它還會在海面上再度露面嗎？

第三十四章・壯麗的噴泉

八月十九日，星期三。幸運地，一場猛烈的強風，迅速地將我們吹離了戰場。漢恩斯始終掌著舵。叔叔呢，這場戰鬥曾轉移了他所有的注意力，他又開始不耐煩地看著海。我們的航行又恢復了單調乏味，但我不願再看到這如昨天那般危險的騷亂。

八月二十日，星期四。風向東北偏北，且變化無常，氣溫很高。船速約每小時九海里。近中午時分，我們聽到一種極遙遠的聲音，那是一種遙遠得無法辨認的連續不斷的吼聲。

「遠處一定是岩石或島嶼，」教授說，「海浪正拍擊著它們。」

漢恩斯爬到桅杆頂上，卻看不到任何海礁，海洋無限伸展到天水結合處。

三個小時過去了，這吼聲似乎來自遠處的瀑布。我如此對叔叔說，他搖了搖頭。可無論如何我都認爲我是對的，並想著我們是否正駛向某條會將我們投入無底洞的瀑布。我毫不懷疑這種下降方法一定會取悅教授，因爲這無底洞幾近垂直。然而，在我看來……

無論如何，顯然這喧鬧的聲音離下風口有幾英里，因爲現在這吼聲可以聽得很清楚。它來自於天還是海？我抬起頭看看空氣中的霧氣，目光企圖穿入它們的深處。天很晴朗，高掛在圓頂上的雲，一動也不動，且在這強烈的光線中幾乎看不見。所以，這吼聲得到別處去找解釋。

我注視著地平線，它仍是連綿不斷且無霧，海面也無任何變化。然而，要是聲音來自於瀑布、洪流，要是整片海都流入了一個低低的深潭，要是這吼聲是發自於飛流直下的瀑布的話，那麼這兒應該有一條水流，它不斷增加著的速度應預示令人恐懼的危險。查看有沒有水流，結果什麼也沒有。我將一隻空瓶扔進海裡，它平穩地躺在水面上。

大約四點鐘時，漢恩斯站了起來，緊抓住桅杆，再次爬到它的頂部。從這位置上他的雙腿掃視著木筏前方的地平線，接著停留在某一點上。他的臉上沒有驚異的表情，但他的眼珠仍是一動也不動。

「他一定看到了什麼。」叔叔說。

「對，我也這樣認爲。」

漢恩斯下來後，將他的手臂伸向南面，說道：

「Der nere！」

「在哪兒？」叔叔重覆道。

抓起他的望遠鏡，他仔細看了一分鐘，這一分鐘在我看來像是一年。

「對，對！」他嚷道。

「你見到了什麼？」

「浪濤上升起一座巨大的噴水口。」

「另外一頭海獸？」

「也許是吧。」

「我們往西走吧，因爲我們知道這些原始巨獸是很危險的！」

「不，我們一直向前。」叔叔答道。

我轉向漢恩斯，而他卻堅定不移地掌著舵。

如果在將我們與這些巨獸隔開的距離——我估計這段距離至少有三十英里，我們可以看到一柱水從巨獸的出氣孔裡噴出，那麼，這噴泉的規模必定是非凡的。就連最普通的警戒，也會立刻察覺到危險，然而到目前爲止，我們還沒有警戒起來。

於是，我們繼續前進，離噴水口愈來愈近了，它看來也越來越大。我幾乎想知道這是一種什麼巨獸可以吸進這麼多的水，而且一下子就噴出來呢？

晚上八點時，我們離噴泉只有五英里了。

它那巨大、黑暗、布滿小丘的身子像是島嶼似地平躺在海面上。也許因爲幻影或恐懼的感覺，我估計它有一英里多長。這條連居維爾（一七六九～一八三二，法國博物學家）和布魯門巴哈（一七五二～一八四〇，德國人類學家）也不知道的鯨類動物是什麼？它一動不動像是已睡著了似的，海水似乎也無法推動它，海浪在它的邊上輕拍著。一道水柱噴出來約有五百英尺高，落下來時形成雨，並發出震耳欲聾的聲音。我們的船以發瘋似地速度駛向那巨大的一天百頭鯨魚也餵不飽的巨獸。

我感到恐懼，我不想再往前了，我隨時都可能割斷帆索。我將自己反叛的想法告訴了叔叔，可他什麼也不回答。

忽然，漢恩斯站了起來，指著這恐怖的東西說：

「Holme。」

「一座島！」叔叔嚷道。

「一座島？」我懷疑地聳了聳肩。

「哇，對！」教授回答說，大笑起來。

「可是那一柱水呢？」

「噴泉。」漢恩斯說。

「對，當然，這是噴泉，」叔叔說，「就像冰島上的那些噴泉一樣。」

起初我不相信我會犯這樣的錯誤，將一座島看作是水裡的巨獸。然而，事實就擺在我眼前，最後我只得承認錯誤，我們看到的是很正常的島嶼。

當我們靠近這眞正美麗的水柱時，島嶼看來像一頭將其巨大的腦袋露出水面有六十英尺高的鯨類動物。噴泉——這個詞的另一種意思是「憤怒」——在莊嚴地升起。我們時而聽到一種低沉的爆炸聲，隨著這種爆炸，這巨大噴泉的羽毛狀的水沫就會搖動一下，然後一直飛濺到底層的雲。只有這些島嶼上沒有水圈，周圍也沒有泉源，所有的火山島的動力在這噴泉中集中了起來。電光發出的光線與水中的閃光相互映輝，每一滴水珠都反映出不同的色彩。

「我們上岸吧！」教授說。

我們不得不小心翼翼地避開水渦，它會使木筏一下子沉下去。漢恩斯依靠他熟練的技巧，將我們送到了島的一端。

我跳上岩石，叔叔十分敏捷地跟著我，嚮導卻留在他的崗位上，像是一個毫無好奇心的人。

我們發現自己正步行在夾雜著矽質凝灰岩的花崗石上。大地像是內部充滿了蒸汽的高壓鍋邊緣，在我們腳下顫抖著，熱得像火燒一樣。進入我們視野的是噴泉升起的中央凹地。我將溫度計放進沸騰的水裡，它顯示出攝氏一百六十三度。

這些水都來自於熱度很高的地方，這完全跟李登布洛克教授的理論相反。我克制不住將這些都告訴了他。

「哦，」他說，「有什麼可以證明我的理論是錯的？」

「沒有什麼。」我看到自己面對如此固執的人，就草草地說道。

不管怎麼樣，我都不得不承認，我們至今都非常走運，出於某種我無法解釋的理由，我們始終在完全可以忍受的溫度條件下旅行。顯然我們遲早會抵達一個地區，那兒的地心熱到達最高限度，並將超過任何溫度計所能指示的溫度。

「走著瞧吧！」

這就是教授所要說的。在他用侄子的名字，給這座火山島命名之後，他就打了個手勢往回走了。

我繼續看著這噴泉好幾分鐘，我注意到這座噴泉的高度在變化，時而迅速減小，時而又再度增大。我將這種現象歸因於它下面積聚著的水蒸氣壓力的變化。

最後我們又出海了，沿著島的南端直立著的岩石邊緣前進。漢恩斯利用我們離開的那段時間，已修整好木筏了。

出發前，我稍稍觀察了一下，就計算出我們已航行了多長路程，並將這些數據記在我的日記上。我們從〈葛拉蓓港〉出發至今，已經航行了六百七十五英里，離開冰島也有一千五百五十英里，現在正在英國的下面。

第三十五章・大暴風雨

八月二十一日，星期五。今天，那壯麗的噴泉已看不見了。風力也已經加強，迅速將我們吹離了〈阿克塞島〉，噴泉發出的隆隆聲也漸漸地微弱下來了。

天氣——如果我可以用這種名稱的話——不久就要發生變化。大氣由於充滿了鹽水蒸發導致帶電的水蒸氣而變得沉重，雲明顯下沉並呈橄欖色，電光似乎不能穿透這正上演暴風雨劇的劇場的厚重幕布。

像許多地面上的人一樣，我們面對即將來臨的天氣劇變不禁感到畏懼。南邊的積雲顯示出不祥之兆——這種先兆在風暴來臨之前常常可以看到，空氣很沉悶，海水也顯得很平穩。

遠處的雲層是巨大的棉花包，雜亂無章地堆積起來，一點點地脹大，聚攏，重得似乎不能升起在地平線上。而在微風吹拂下，它們漸漸地重合，變得越來越灰暗，不久便形成可怕的一團。時而有一團柔而白的霧球，被電光照亮了，落入這灰暗的地毯中，不久就在裡面消失了。

大氣裡面自然充滿了電，我的全身都浸入其中，頭髮彷彿觸了電一樣豎了起來，看來似乎要是我的夥伴碰我一下，就會遭到了猛烈的電擊。

早上十點時，這種景象越來越明顯，風似乎因為想喘一口氣而低了下來，雲層彷彿皮革製成的瓶子，暴風雨在裡面孕育著。

我雖不願相信這天氣中出現的惡兆，但我還是忍不住說道：

「暴風雨就要來了。」

教授沒有回答，他正為眼前這一片無邊無際不斷延伸的海洋而生氣著，聞言之後，僅僅聳了聳肩。

「我們就要面對暴風雨了。」我指著地平線說，「那些雲越來越低，彷彿要將海壓下去似的。」

當時一片沉默。風力變小了，大自然也似乎停止了呼吸，像是死去的樣子。桅杆上最後一點聖厄爾莫的火（大氣層中電流產生之火光）早已開始閃耀，帆低垂在笨重的摺縫中。木筏在沉重而又無浪的海中一動不動。噯，我想起來了，要是我們的船已經停頓了，那還要將帆掛著幹什麼？在風暴的撞擊下，這會令船傾覆。

「將帆布捲疊起來，並將桅杆放下。」我說，「那是我們的明智之舉。」

「不，見鬼！不！」叔叔大聲叫道，「那可萬萬不能放下！讓風來襲擊我們吧！讓風暴將我們帶走吧！假使我還能看到多岩石的海岸，我不在乎它是否會將我們的木筏擊得粉碎！」

叔叔話音剛落，南邊的海岸就忽然發生了變化。積聚在一起的水蒸氣凝結成水，從巨穴內最遠的盡頭猛衝出來的空氣充滿了這些蒸氣凝結後而留下的空檔，在急促的強力推動下形成狂風。夜色愈來愈濃，我連最簡略的航海日記也記不成了。

木筏被掀了起來，跳躍著向前衝去，叔叔頭向前摔了下去。我爬到他身邊，看到他依附著纜繩，顯然正陶醉於這暴風雨肆虐的景象。

漢恩斯一動也不動。他長長的頭髮，被狂風吹到他毫無表情的臉龐上，賦予他一副奇怪的樣子，因爲他的每根頭髮末端都飾有發光的羽毛。這副令人恐懼的面具讓我想起原始人的臉，與魚龍、大懶獸同時代的原始人。

當時桅杆紋絲不動地屹立著，即使帆已漲得像是即將爆炸的大氣泡。木筏以一種我無法計算的速度飛擺著前進，但卻仍不如它排出的水快，海水形成了一條銳利深刻的直線向前奔去。

「帆！帆！」我叫著，並打著手勢，彷彿要將它扯下來。

「不！」叔叔回答說。

「Nej！」漢恩斯用丹麥重覆道，並輕輕搖了搖頭。

此時，大雨在我們發瘋地衝去的地平線前形成一條咆哮著的大瀑布。可在我們到達那兒之前，雲幕被撕開兩半，海水沸騰著，天空中巨大的化學反應形成了電力閃電發出的耀眼的光芒交織著隆隆的雷聲，在響亮的乒乓聲中來回穿梭，水蒸氣團變得白熱化。冰雹打在我們的工具或是槍的金屬上，發出閃亮的光芒，此時洶湧澎湃著的海浪像是小規模的火山，每一塊山石都包含著內在的火焰，每一塊浪頭都彷彿在燃燒。

我的目光被這種光的強度所迷惑，我的聽覺被轟轟的雷聲震聾了。我不得不緊貼著桅杆，它在猛烈的暴風雨前就像彎下腰來的蘆葦。

（——這兒是我記下的很不明確的記錄，我僅僅發現了幾個簡短的觀察，它們是我在無意中記下來的。但它們的簡短和毫無邏輯可言的言語洩露著我的心情，並比我的記憶更能勝任敘述這種大氣現象的工作。）

八月二十三日，星期三。我們在哪兒？我們已經被一種難以形容的速度帶著一直向前奔去。

昨夜相當可怕，風暴還沒有減弱。我們處於響個不停的轟轟聲和咆哮聲中，我們的耳朵淌著血，彼此交流一個字也不可能。

閃電一直閃個不停。我看著那些「之」字形向下猛擊之後，又彈回來通到花崗岩的洞頂。要是它塌下來怎麼辦？閃電的其它閃光交叉著擊出一個個像炸彈一樣爆炸的火球。然而，一般的轟轟聲並沒有聲響，它已越過了一般人耳朵可以聽到的聲音強度的極限，要是世界上所有的火藥庫同時爆炸，我們的辨音能力也並不比現在好。

低端的雲內時常發射出光來，電光常被它們的分子釋放出來。空氣中的氣體元素顯然在變化著，因爲無數道水柱轟然衝到空中又像泡沫塊一樣落下。

我們正往哪兒去？叔叔在木筏末端直挺挺伸展著四肢躺著。

空氣越來越熱，我看看氣溫計，它指著……（數字已經模糊了。）

八月二十四日，星期一。這片海永遠沒有盡頭了嗎？這濃密的大氣——現在已發生了變化——在這種條件下仍保持原樣嗎？

我們已精疲力盡了，漢恩斯仍如往常一樣。木筏也仍然朝著東南方向，我們離開〈阿克塞島〉後已航行了大約五百英里了。

中午時分暴風雨愈加猛烈了。我們不得不紮緊所有的貨物，同時還得將自己也綁在木筏上。海浪正越過我們的頭頂。

整整三天，我們沒有交談過一句話。我們張開嘴巴又啓動嘴唇，但是什麼聲音也聽不到。我們甚至不可能聽見對方衝著耳朵大聲叫嚷的聲音。

叔叔走近我，說了一段話。我想他是在說，「我們完了。」——但我不大肯定。

我寫下這些詞給他看：「讓我們放下帆。」

他同意地點點頭。

就在他抬起頭的同時，一只火球出現在木筏的甲板上，桅杆和帆同時消失了，我看著它們升入驚人的高度，像是翼手龍似的。這是原始的奇異的一種鳥類。

我們都嚇癱了。這個一半白，一半藍的直徑約有十英寸的火球，慢慢移過木筏，緩緩地，卻以一種驚人的速度在暴風雨的衝擊下旋轉著，到處飄盪，在木筏上的一根支撐物上棲息，又跳到食物袋上，再輕輕跳下，彈回來又觸到火藥筒。這可怕的一刻我以爲我們就要爆炸了，然而沒有，這眩目的火球移開了，而逼近漢恩斯，他緊緊盯著火球。叔叔跪下雙膝以躲避它，而我在它熾熱的強光下臉色發白，戰顫不已。它在我腳邊像舞者一樣旋轉著，我企圖走開，但一切都是徒勞。

氮氣的氣味充滿著大氣，並穿入我們的喉嚨，充滿肺部。這使人感到窒息。

我爲什麼不能移動我的腳？它固定在木筏上了嗎？接著我意識到這電火球已經使船上所有的鐵製品磁化。儀器、工具和槍支都移動著，並由於互撞而發出叮噹聲；我的鞋子上的釘子也被綁在木頭上的鐵板牢牢吸住了。

終於，正當這只球旋轉著要來抓我的腳並將我也帶走時，我奮力把腳移開了。

突然一道光芒大亮，火球爆發了，我們遍身都是火舌，接著一切都暗了下來。我才有時間看到叔叔四肢展開躺在木筏上，而漢恩斯仍掌著舵，但他全身由於浸透了電而吐著火。

我們要往哪兒去？我們要往哪兒去？

八月二十五日，星期二。我已從長時間的昏暈中醒來。暴風雨仍肆虐著；閃電交叉

著一閃一閃像是天空中自由自在的蛇。

我們仍在海洋上嗎？是的，並且以一種無法估量的速度前進著。

我們已駛過了英國、英吉利海峽、法國，也許在整個歐洲的下面駛過。

我聽到一種新的聲音！這肯定是海水擊在岩石上發出的聲音！

但是這時候……………

第三十六章・可怕的震動

我那所謂的「航海日記」記到這兒結束，所幸的是在船遭到損壞時，這本日記保存了下來，我仍可如往常一樣繼續我的故事。

當木筏在海岸上觸礁時發生了什麼事，我也說不出來，我只感覺到自己快要跌到海裡去了，至於我之所以倖免於死，我的身體之所以沒有在尖利的岩石上撞成碎片，是因爲漢恩斯用他強壯的胳膊將我從深淵中救了回來。

這位英勇的冰島人，將我從浪濤頂端帶回到鋪著滾熱沙粒的海灘上，在那兒我發現自己與叔叔肩並肩躺在一起。

接著，他回到正被洶湧的海浪打擊著的岩石旁，去救出那隻破爛的木筏上他所能救出的東西。我說不出話來，渾身因疲勞和興奮而軟弱無力，我花了整整一個小時，才逐漸恢復過來。

當時雨一直下著，並且泛濫成洪，但這種情況通常預告著暴風雨即將結束。一些突出的岩石，在這場可怕的大雨中爲我們提供了庇護所。漢恩斯準備了一些食物，但我們卻碰不了，由於三天三夜沒有合眼，我們都已精疲力盡，很快跌入了勞苦的夢鄉。

翌日，天氣晴朗。海天默契似地平靜下來了。我醒來時暴風雨的痕跡已盪然無存，叔叔愉悅的聲音迎接著我。他的快樂在我看來很不吉利。

「嗨，我的孩子，」他嚷道，「你睡得好嗎？」

我幾乎想像我們現在是在科尼斯的家中，我正下樓去用早飯，我就要在當天與我那可憐的葛拉蓓結婚。

唉，要是暴風雨將大筏送到西南的話，我們就在德國的下面了，就在我親愛的漢堡城下，就在那條住著我那位世界上最親愛的大街下面了。那樣的話，我們只相隔一百英里！不過，這是一百英里堅硬的花崗岩。在這兒，我們實際上相隔了兩千多英里。

在我回答叔叔的話之前，這樣令人痛苦的想法，正快速地掠過我的腦海。

「哦，」他說，「你不想告訴我，你睡得如何嗎？」

「非常好！」我回答，「我仍有點不太舒服，但這很快就會過去。」

「當然，你只是有點兒累罷了，如此而已。」

「但是，你今天早上看來精神抖擻，叔叔。」

「我很高興，孩子！我們已到了！」

「我們的遠征結束了？」

「不是，是這個看來沒有盡頭的海結束了。現在我們可以又開始陸地跋涉，並真正深入地球的內部了。」

「叔叔，我可以問你一個問題嗎？」
「可以，阿克塞，可以。」
「我們如何回去？」
「如何回去？你的意思是說——在我們抵達之前就在考慮回去了？」
「不，我只是想知道，我們如何回去而已？」
「這很簡單。一旦我們到達地心，我們或者可以找到一些新的路回到地面，要麼仍按我們來時所走的乏味的路回去。我認爲這條路不會在我們身後閉住不通了。」
「我們得修理那隻木筏。」
「當然了。」
「但我們是否有足夠糧食，供我們下一步的旅程呢？」
「噢，對，漢恩斯是個能幹的小夥子，我敢保證他已將大多數貨物救出來了。我們走去瞧瞧吧！」
我們離開了洞穴。我懷抱著一種夾雜著擔心的希望。在我看來，那隻被撞毀的木筏上絕不可能留下一點東西。可是，我錯了。當我們抵達海岸邊時，我看到漢恩斯正站在他整理得井井有條的貨物中間。叔叔感動得雙手發抖，因爲已再難找出像這位超人那樣忠實的人了，當我們睡覺時他一直在工作，並且不顧自己的生命安全拯救出了我們最寶貴的東西。

我們也並非沒有遭到一些嚴重的損失，例如槍支，但是沒有它們也能夠想辦法。我們貯存的火藥，在暴風雨期間幾乎爆炸的火藥還完好無損。

「哦，」教授叫道，「要是我們一支槍都沒有，我們就沒法狩獵了，如此而已。」

「是的，可是儀器怎麼樣？」

「這是最有用的流體壓力計，這樣東西我情願用所有其他東西來換取。它可以用來計算我們下降了多深，並且可以算出我們何時才能抵達地心。沒有它我們就會走過頭，並從地球的另一面出來！」

他的樂觀精神，對我來講實在很殘忍。

「可是羅盤在哪兒？」我問道。

「在這塊石頭上，和時辰表及溫度表在同樣條件下完好無損。噢，嚮導眞是位了不起的小夥子！」

一切都無可否認了：儀器一樣也沒丟，工具和全套設備也是如此，我看到梯子、繩索、鐵鎬等等都擺在沙灘上。

然而，還有一樣糧食問題需要解決。

「糧食如何？」我問道。

「讓我們看看。」教授答道。

裝有糧食的板條箱一排排擺放在岸上，並且保存完好。一般情況下海水該侵吞了它們，這些小甜餅乾、鹹肉、杜松子酒和魚乾，足以維持四個月。

「四個月！」教授嚷道，「哇，我們盡有時間到達那兒並回來。在約漢奈姆學院，我要請我的夥伴好好吃一頓！」

我早該了解我的叔叔了，可惜這個人至今還讓我感到驚奇。

「現在，」他說，「我們得用暴風雨後，在花崗岩盆地內積存下來的雨水裝滿我們的水瓶，因而我們沒有理由害怕飢渴。至於木筏，我會請漢恩斯盡力修好它，雖然我認爲我們不會再用到它。」

「爲什麼不？」我叫。

「這只是我的想法，孩子。我想我們不會再從原路回去了。」

我疑惑地看著教授，想搞清楚他是否瘋了。他對自己有多正常知之甚少。

「我們去吃早飯吧。」他說。

在他吩咐了嚮導後，我跟著他來到海角。在那兒，乾肉、餅乾和茶供給我們一頓極豐盛的牙祭，那是我所用的最豐盛的一頓。飢餓、新鮮的空氣、安寧和曾經歷過的那幾天騷亂後的平靜，令我產生了旺盛的食慾。

早餐期間，我詢問教授他認爲我們現在在哪兒。

「那個，」我說，「我認爲這很難算出來。」

「對，」他答道，「這確實很難正確計算，事實上也不可能。想想在那三天的暴風雨裡，我已不可能堅持記下木筏的進度和方向。但我們仍可粗略地估計一下。」

「好吧，最後一次觀察是在那個有噴泉的島上……」

「阿克塞島——孩子。不要狂傲地拒絕這份用你的名字來命名這從地球內部發現的第一個島的榮譽。」

「好吧，在〈阿克塞島〉上時，我們已在海上度過六百七十五英里，我們離開冰島已有一千五百英里。」

「好。讓我們從這一點開始，並加上在暴風雨中度過的四天，在這四天裡我們每二十四小時走過的路程不會少於二百英哩！」

「我同意！那要加到八百英里。」

「對，〈李登布洛克海〉從這一邊到對岸長約一千五百英里。阿克塞，你意識到了嗎，它的規模可以與地中海相媲美？」

「是的，尤其我們僅僅是橫渡了這個海！」

「這完全可能。」

「另一件奇妙的事，」我接著說，「就是要是我們的計算是對的話，我們現在應該在地中海下面。」

「眞的？」

「對，因爲我們離雷克雅畢克有二千二百五十英里。」

「那是相當遠的一段距離，孩子，但我們不能肯定現在就在地中海下面而不是土耳其或大西洋下面，除非我們的方向確實沒有變。」

「我相信沒變。因爲風向一直是穩定的，所以我想這海岸是在〈葛拉蓓港〉的東南方。」

「哦，我們看看羅盤就可以很容易算出來。讓我們看看它顯示了什麼。」

教授走到漢恩斯放置儀器的地方。他表情快樂而且興奮，像個年輕人那樣摩擦雙手並裝模作樣。我跟著他，好奇地想知道我的估計是否正確。

到達岩石旁後，叔叔拿起羅盤，觀察著指針。指針在一陣擺動後指向適當的位置。叔叔觀察著，擦擦眼睛再看。接著他驚異地將臉轉向我。

「怎麼了？」我問

他用手示意我來觀察這個儀器，我發出驚異的叫聲。針的北端指著我們認爲該是南方的地方！它指著的是陸地而不是海洋！

我搖了搖羅盤仔細地觀察著，仍是同樣的結果。無論在什麼位置放置羅盤，指針仍堅持指向這意料之外的方向。

看來毫無疑問在暴風雨中我們沒有注到風向發生了變化，並將木筏送回了叔叔以爲已丟在身後的海岸。

第三十七章・一具人的骷髏

要描述這激動的李登布洛克教授的一系列感情——驚慌失措、懷疑，最後是憤怒——簡直是不可能的。我從來沒有見過一個人先是驚嚇，繼而又如此狂怒不已。橫渡的疲累感，我們曾遭遇過的危險，所有這些還要再重覆一遍嗎？

可是，叔叔很快就克制住了自己。

「這些都是命運在捉弄我們，不是嗎？」他嚷道，「自然界的力量聯合起來跟我作對！空氣、火和水都聯合起來阻攔我！哦！它們是想知道我的志願有多堅定！我可不會屈服的，我一英寸也不會向後退，我們倒要看看到底是人還是大自然占了上風！」

奧托·李登布洛克像是希臘神話中圍攻特洛伊的勇士艾傑克斯那樣，憤怒而又咄咄逼人地站在石頭上，彷彿要向上帝挑戰。

然而，我想最好阻撓他這麼做，並且控制住他的憤怒。

「聽我說，」我堅定地說，「世界上每一種野心都該有個限度，而且我們還做不到這些不可能的事。我們的航海裝備很簡陋，因爲沒有人可以依靠腐朽的橫木、充當帆布用的毛毯、當成船桅的棍棒，而且是在逆風的情況下航行的，況且在極厲害的暴風雨控制下，要是再嘗試第二遍這種不可能辦到的橫渡，我們一定是發瘋了。」

我花了十分鐘，一口氣解釋了這些無法反駁的理論。但是僅僅因爲教授並沒有將注意力放在我身上，他對我所說的一個字也沒聽進去。

「到木筏上去！」他叫道。這是他唯一的回答。我的辯論、乞求及大發脾氣都毫無用處。我是在反抗比花崗岩更堅定的決定。

漢恩斯剛修好了木筏，這個奇異的人好像也猜中了叔叔的心事。他用幾片化石木給船加固。帆已升起，它的摺縫裡漲滿了風。

教授對嚮導講了幾句話，他就迅速地將我們所有的東西運到船上並準備出發。天氣晴朗，風平穩地從西北方吹來。

我該做什麼？站在他們中間？這是不可能的。除非漢恩斯站到我這一邊來？然而，這位冰島人看來已放棄了所有他自己的願望並立誓棄權。從這位如此封建地爲主人鞠躬盡瘁的奴僕身上我休想得到什麼。除了繼續航行外別無他法。

於是，當叔叔將手放到我的肩上時，我在木筏上自己通常坐的位子上坐下了。

「我們要到明天早晨才離開。」他說。

我作了個完全服從命令的手勢。

「我不該疏忽什麼，」他接著說，「既然命運將我趕到這塊海岸上來，我要到勘探完畢，才離開。」

這句話只要我解釋一下就可以理解：要是我們確實回到了北海岸，這兒也不是我們曾出發的地方了。我們認爲〈葛拉蓓港〉一定在遙遠的西方。因而沒有什麼比對這塊新的環境作個準備的視察更明智了。

「開始勘探吧！」我說。

接著，我們留下漢恩斯繼續他的工作就出發了。海水和絕壁之間的地方非常遼闊，我們花了半小時才到達岩壁。腳底下踏碎了無數形狀大小各異的貝殼，那裡面居住著史前的動物。我又注意到一些直徑通常爲十五英尺的巨大甲殼，這是於那些更新世的龐大的雕齒獸，現在的龜是它退化的縮影。地面上散步著石頭，一排排地擺放著，像是被海浪弄圓了的小圓石。這使我想到海洋在那個時期一定淹蓋過這塊地方。在散播著的石子上面，就是現在海水所不能達到的地方，留下了海浪浸過的痕跡。

這可以解釋地底下一百英里的地方之所以會存在海洋的緣故。依照我的看法，這一大片液體一定是漸漸滲入地底下的，顯然是海水從一些裂縫中滲下來的。還可以猜想這個裂縫現在已封上了，不然這整個洞穴，或者說是巨大的水庫，在一段短時間內會全部充滿海水。也許這些水由於地下熱的作用。在一定程度上蒸發了。它們積聚成我們頭頂上的雲，並在地底下發展成爲帶電的暴風雨。

我對我們親眼見到的這種現象所下的結論很滿意，因爲自然縱使有多玄妙，它們總能被物理定理所解釋。

因而，我們走在這塊水沖積過的沉積土上，它像早期地球表面的那些土層一樣。教授仔細地觀察了岩石上的每一個裂縫，一旦他發現一個小洞，就鄭重其事地測是一下它的深度。

我們沿著〈李登布洛克海岸〉走了一英里後，地面忽然發生了變化。它看起來彷彿被搖動過，由於低層地層的垂直隆起而震動過。在許多地方，洞孔或是小丘上的小孔顯示著一次大面積的岩石斷層。我們困難地在這些混合著打火石、石英石和沖積礦床的花崗岩碎片中前進，忽然一片上面鋪滿著骨頭的田野，或者說是平原。看來像是巨大的墓地，容納著二十個世紀以來的人類的遺體。頗大的骨堆一排排堆放著，一直伸展到地平線上，消失在霧中。在這塊也許有三平方英里的土地上積聚了動物生命的完整歷史，這在有人煙遺跡的近期地層中是絕難看到的。

我們被強烈的好奇心引向前方。我們的腳劈哩啪啦地踏碎了化石及史前動物的骨頭，這些動物罕見而有趣的遺體是我們大城市博物館爭奪的目標。一千個屈維爾盡其一生也不能將這些鋪在這壯觀的骨堆中的骨胳全部組裝起來。

我驚呆了。叔叔舉起他長長的手臂指向那厚厚的彷彿天空一樣的拱形圓屋頂。他張大了嘴巴，眼睛在眼鏡後面閃動著，上上下下點著頭，實際上他整個姿態都表明了徹底的驚異。他面對著無價的乳齒象、翼手龍及其他早期巨獸，它們都堆在那兒供他一個過癮。想像一下——一位狂熱的藏書狂忽然衝進著名的被奧馬燒毀，但又忽然不可思議地從灰燼中復原的亞歷山大圖書館中央時——叔叔的樣子就可想而知了。

但當他跑過生物灰土時，他表現出一種完全兩樣的驚異，他抓著一顆裸露的頭顱，興奮地用顫抖的聲音嚷道：

「阿克塞，阿克塞！一顆人頭！」

「一顆人頭，叔叔？」我答道，驚奇感並不亞於他。

「是的，孩子，噢，邁恩．愛德華先生！噢，夸特菲吉先生！但願你們都在這兒——我，奧托．李登布洛克現在站的地方！」

第三十八章・教授的演講

要明白，叔叔之所以呼喚這兩位顯赫的科學家，就有必要先知道在我們出發之前的那段時間內，曾發生過的古生物學上特別重要的事。

一八六三年三月二十八日，一些在布特・波特斯先生的指揮下工作的工人，在法國索姆區的阿布威爾一帶附近的克維勒坑的採石場地下十四英尺處，發現一塊人類的顎骨。這是第一塊暴露於光天化日之下的化石，在它附近還發現了一些石斧和琢磨過的打火石，都被流逝而過的歲月塗上了一層毫無變化的鐵銹。

這個發現不僅在法國，甚至在英國和德國，也引起了極大的轟動。許多法蘭西學院的科學家，包括邁恩・愛德華先生和夸特菲吉先，都很關注這件事，證明了這正被談論著的骨頭的無可置辨的眞實性，並且成爲了這件英國人稱爲「顎骨的審判」的最熱心辯護人。

相信這堆顎骨是眞的大英帝國地質學家們——梅塞、福爾考克、布斯克、卡本特等等與德國科學家聯手，其中最熱情、最熱心、最熱誠的就是我叔叔李登布洛克了。

這塊第四紀的人類化石的眞實性，也因此變成不容置疑地被證實和認可了。

不過，對這個理論曾有一位強烈的反對者，愛里．德．皮蒙特先生。這位學業上的權威堅持這個地坑並非洪水積成，而是由於現代的岩層構成，並且在這一點上與屈維爾意見一致，他拒絕承認這塊人骨與第四紀的動物是同時代的。叔叔與大多數的地質學家則站在同一立場，爭論著、辯論著，愛里．德．皮蒙特在他的見解上尤其孤立。

我們知道所有這些事的細節。可是自從離開後，我們不知道後來到底進展得如何。屬於不同世紀和不同類型的人的其它毫無差別的顎骨在法國、瑞士和比利時的某些洞穴的灰土下發現，同時還有兵器、用具、工具和兒童、青年、成人和老人的骨骼。因此，這些第四紀的人類的存在，一天比一天可信起來。

不僅如此，從第三紀的岩層內發掘出來的新的遺骸，使更爲大膽的地質學家認爲是屬於更加古遠的年代。這些遺骸肯定不是人類的骨頭，而是人類的手工製品、動物的脛骨和化石大腿骨，都刻有整齊的圖案和雕刻，這都是人類活動行爲的痕跡。

於是，人類就在時間的階梯上跳躍了很長一段路。他被證明是乳齒象的前輩，而後者已被最著名的地質學家公認爲屬於上新世，看來已有十萬年的歷史。

剛才談到的就是古生物學方面的情況，我們知道這足以解釋我們在〈李登布洛克海〉的骨骼面前的舉動了。讀者因此也可以理解叔叔的快樂和驚異了，尤其當我們再向前進了幾碼後，他發現自己與第四紀的人的標本面對面時。

這是一副完全可以辨認的人體。不知是由於類似聖特．米歇爾石窟裡的特殊土壤，或是其它作用力經過這麼多年居然還保存得這樣完好。無論如何這具屍體，有著繃緊的羊皮似的皮膚，仍覆蓋著肌肉的四肢——至少我們可以看到——完好無損的牙齒、濃密的頭髮、手指和足趾上長著長指甲，在我們眼前呈現出活生生的樣子。

站在這另一世紀的人物面前，我說不出話來。一向說話滔滔不絕，囉嗦至極的叔叔也沉默了。我們抬起這副人體，讓它背靠著岩壁站著。它從空空的眼眶裡看著我們，我們拍打著它發出回聲的胸脯。

在短時間的沉默後，叔叔立刻又變回教授了。奧托·李登布洛克被他的神經質激動起來，忘了我們旅行中發生的事件，忘了我們現在在哪裡，忘了容納著我們的洞穴。毫無疑問他以爲他是在約漢奈姆學院，在給他的學生演講，因爲他裝出很有權威的樣子並且對著想像中的聽眾說：

「先生們，我很榮幸地向你們介紹一位第四紀的人。知名的地質學家曾否認他的存在，而其他知名度並不亞於他們的則承認他的存在。古生物學上的聖托馬斯們如果在這兒的話會親自用手去摸摸他，並且不得不承認自己的錯誤。我知道在這一類科學發現上得保持警惕。我知道巴納姆上尉及其他與他一類的冒充內行者曾經利用化石人來發財。我也聽說艾傑斯的膝蓋骨，據說被斯巴達人找到奧萊斯特的屍體，布薩尼阿提及的有關長達十肘長的阿斯塞利的屍體。我也曾讀到過有關十四世紀在特拉巴尼發現骷髏的報告，起初證明那是波利弗姆的骨骼。還有關於十六世紀在巴萊姆附近的地方挖掘出巨人的傳說，先生們，你們和我一樣知道。還有一五七七年在呂塞納附近發現的，據著名學者費利克斯．柏拉特宣稱，是一個十九英尺高的巨人的巨大骨骼。我也曾讀到過卡斯南的論文，以及關於在德夫蘭的某塊沙地中發掘出一六一三年高盧的侵略者，山勃萊王和提多勃切王的屍骨的所有回憶錄、小冊子、和論文。在十八世紀的話，我一定會與彼爾．坎貝一起爭論有關舒茲爾原始人的存在。我也曾讀過……題爲巨……」

叔叔的老毛病在這兒又犯了，他在公共場合裡常常會口吃。

「巨……」他重覆著。

他說不下去了。

「巨人……」

一切都是徒勞。那個倒楣的字就是出不來。在學校的話，聽衆一定會哄堂大笑了。

「巨人論。」李登布洛克教授詛咒了幾聲後，終於說了出來。

接著，在恢復精神後，他愈加興奮地繼續下去：

「對，先生們，我知道所有這一切。我甚至知道屈維爾和勃魯門巴赫認爲它們只不過是第四紀的巨象及其他動物的骨骼。但在這兒懷疑這件事是對科學的誣蔑！這副屍體就在你面前！你可以親眼看著它，可以觸摸它！這不是一副骨骼，而是完整的屍體，純粹是爲了研究人類學而保存下來的。」

我認爲我最好不去反駁這個斷言。

「要是我將它放在硫酸溶液中洗一下，」叔叔繼續說道，「我就可以除去附在上面的土質和閃亮的貝殼。可是我身邊沒有那種寶貴的溶液。即使像現在這樣，這副屍體仍可以告訴我們有關它的來歷。」

說到這兒時，教授抓著化石骷髏，用露天市場主持人的靈巧觸摸著它。

「如你們所見，」他繼續說，「它不高於六英尺，離所謂的巨人還有很長的距離。至於它屬於哪一類，不容置疑是高加索人，和我們一樣的白種人。這副化石的頭骨是規則的橢圓形，沒有突起的頰骨或突出的下顎骨，它沒有改變面角的突顎特徵。測量一下面角，它幾乎近九十度。在我的推斷上我還要進一步冒昧說這副人類標本屬於從印度洋到大西洋一帶的日爾曼人。不要笑，先生們。」

其實，並沒有人笑，可是教授在作正式演講時，常常看到人們臉上呈現出笑容，他說這是習慣使然。

「對，」他興致高漲地繼續說下去，「這是一個化石人，是與骨骼堆滿這片平地的巨象同時代的生物。但是如果你問我他如何到這兒來，這埋著他的地層是怎樣滑到地球下面這個巨大的洞穴裡的，我就不敢回答你這個問題了。無疑在第四紀的地殼上仍發生著很多變動，特別長的地殼冷卻過程產生了裂罅、裂縫和斷層，較高的一部分岩層就有可能掉下去。我畢竟不能肯定，但這個人被他自己製造的東西圍著，那些斧頭和琢磨過的打火石都具備著石器時代的特徵。除非他跟我一樣只是作爲一位旅行者，作爲科學的先鋒者而來到這兒，我沒有理由懷疑他的原始出身的眞實性。」

教授沉默了，我響亮合拍地鼓掌。因爲叔叔是對的，比他侄子更有學問的人也很難駁倒他的演講。

在他對這一發現所發表的聲明中還需要補充一下的就是，這副人類化石在這巨大的洞穴中並非唯一。在灰土上每走一步我們就遇到更多的屍體，叔叔可以自由挑選這些標本中最好的一副來說服那些懷疑者。

這片墓地中人和動物的骨骸混合在一起的奇觀，的確是一幅令人驚異的景象。但是接著我們就碰到一個嚴重的問題，我們不敢回答。這些動物是死了之後才從地球的裂縫中滑到〈李登布洛克海〉海岸上來的呢？還是它們本來就住在這兒，在這地下世界裡，在這假天空下，跟地面上的居民一樣生生死死？先前出現在我們面前的海獸和魚都是活的。難道不會有一些活人，一些生活在洞穴裡的動物仍漫遊在這荒無人煙的地方嗎？

第三十九章・活人

在強烈的好奇心驅使下，我們在這些屍骨上又走了半小時。在這山洞裡還會有其他什麼稀奇的東西？我們還會找到什麼科學寶藏呢？我的眼睛準備隨時大吃一驚，我的思維則準備隨時被驚動。

海岸早就被拋在這堆著屍骨的山後面。行動常不加思考的叔叔並不將迷路的危險放在心上，帶著我越走越遠。我們默默無言地前進著，沐浴在一道道電光裡。有一些現象我沒法解釋，也可能是因為這些電光的完全散射，它均勻地灑在每一樣東西上。它並來自於空間某一點，而且沒有形式影子。你可以想像你是在熱帶深夏的中午時分的太陽垂直光線的照耀下。這兒看不見水蒸氣，岩石、遠方的山、遠處樹木的一些斑紋，都在光線的散布下呈現一種奇異的景象。我們彷彿是霍夫曼（德國作家一七七六～一八二二）小說中，已經失去了自己的影子的奇妙人物。

走了一英里後，我們來到一片高大的森林邊緣，但此次沒有我們曾在〈葛拉蓓港〉附近所見到的磨菇林。

在這兒，我們見到的是壯麗的第三紀的植物群。現已絕種的高大棕樹。漂亮的植物、松樹、水松、柏樹和長綠針葉樹，代表了松柏科家族，被糾纏在一起的蔓草連結在一起。地面上覆蓋著如茵的苔藻和地錢。河流在那些樹蔭下——如果它們可以形成影子的話——汩汩流淌著，岸上生長著和我們暖房裡無異的桫欏。唯一的區別就是這些樹、叢林和植物，由於被剝奪了太陽的顯示著一種像是時尙的棕色。葉子不是綠色的，連那些在第三世紀才出現的花朵也沒有色彩和香味，它們看起來彷彿是由於大氣作用而褪色的紙做的。

叔叔大膽地走進巨大的叢林，我跟著他，儘管我並非不感到害怕。既然大自然留下了它貯藏著的充足的可食植物，我們爲什麼不會遇到一些可怕的哺乳動物？在這廣闊的土地上只有那些由於年代久遠而腐朽的樹木，我可以看到豆科植物、楓樹、茜科植物以及無數種每個時期的反芻動物所喜愛的可食灌木。接著，我看到雜生在一起的來自地球表面不同國家的植物。橡樹長在棕櫚旁，澳大利亞的尤加利樹背對著挪威松樹生長，北方的楓樹與紐西蘭的香樹的樹葉交纏在一起。這已足以令地球上最智巧的植物學分類專家昏頭了。

我忽然停下，並將叔叔拉了回來。散射的光足以分辨出這叢林深處的任何微小的東西。我想我已看到了——不，我親眼看到——一些巨大的長矛在樹下移動著。這眞是一群龐然大物，是巨象，這回不是化石而是活的動物，眞像它們一八〇一年在俄亥俄州的沼澤地帶發現的那些骨架。我看到這些巨象的鼻子像是一大群蛇一樣在樹下蜷曲著。我聽到它們的長牙發出的聲音，這些象牙正撕咬著古樹。枝條被咬破了，葉子大批大批地被撕下，消失在這巨獸的像是大洞似的喉嚨裡。

我曾做過的有關原始世界，關於第三紀和第四紀時情景的夢終於成爲現實。我們現在孤零零地處於地底世界中，在這些猛獸的操縱之下！

叔叔反覆地觀察著。

「來！」他忽然說，並用手抓著我。「向前！向前！」

「不！」我叫，「不！我們赤手空拳，在這群龐大的四足獸中間能做什麼呢？來，叔叔，來！沒有人可以不受傷害地抵抗這些憤怒的巨獸。」

「沒有人？」叔叔答道，並放低了聲調，「你錯了，阿克塞！看，看那兒！我想我可以看到一頭活的動物，一頭類似我們的動物——一個人！」

我注視著，並聳了聳肩，決定對此作最大限度的懷疑。然而儘管我如何堅持懷疑，我仍不得不相信我的眼睛所見到的證據。

那兒，不到四分之一英里之外，一個人背靠著一棵巨大的松樹站著，那是地下區域的海神，一位新的尼普頓之子，正看管著那一大群巨象。

Immanis pectoris custos; immanur ipse……是的，的確，這個牧人比他的獸群還要大。這不像我們曾在山洞裡發現的化石動物的屍體，這是有著掌管那些巨獸能力的巨

人。他身高約十二英尺，他那跟一條水牛一樣大的腦袋，一半藏在他那長得繞不清的蓬亂頭髮裡——名副其實的鬃毛，就跟古代大象的一樣。他的手裡揮動著一根巨大的樹枝——對這位原始牧人來講是一根牧杖！

我們一動也不動地呆住了。可是他會看到我們，我們得逃走。

「走，走！」我叫道，拖著叔叔，他有生以來第一次允許他自己屈服於人。

一刻鐘之後，我們就看不見這個可畏的敵人了。

現在我可以冷靜下來想這件事，我已鎮靜下來了，那件奇怪的、特別的遭遇已過去幾個月了，我在想些什麼？我如何相信？我們看到的是人嗎？不，那是不可能的！我們的視線被欺騙了，我們的眼睛並沒看到我們認爲它該看到的東西。沒有人可以在地下世界生存，沒有一代人可以在這樣深的地下洞穴內生活，地面上的人所用的東西他都沒有，並且與他們毫無聯絡，這種想法是毫無見識的！

我情願相信這是某種身體結構與人相似的動物，地球早期時期的某種猿，某種原猿或過渡猿，類似蒙拉特先生在聖丹的含骨化石山洞裡發現的。可是我們見到的動物的身材已超越了現代古生物學已知的尺寸。不會錯的！這一定是猿，無論這似乎多麼不可信。說那是一個人，一個活人和他活著的時代，都被埋於這地底下，這種想法是令人難以接受的。

我們帶著恐怖和驚異感離開了明亮的、光度足夠的森林，恍惚交織著驚嚇覆沒了我們。我們不顧一切地跑著，這是一種眞正的潰敗，類似發生在惡夢中的可怕逃亡。我們本能地衝向〈李登布洛克海〉，我沒法說出要是鄉沒有特別全神貫注於實際問題的話，我的大腦又會放縱出什麼樣的奇異幻想。

雖然我很清楚我們是踏在一片過去從未著足過的土地上，但我注意到大堆石頭，它們的形狀令我想起〈葛拉蓓港〉上的岩石。這看來顯然證實了羅盤指示的方向，我們已不知不覺地回到了〈李登布洛克海〉的北岸，顯然這是毫無疑問了。百餘條小河和瀑布從岩石的突出部分流下來。我彷彿又看到了岩層的積土，我們忠實的〈漢恩斯小溪〉和我曾在裡面恢復生命和知覺的山洞。接著，再向前走了幾步後，岩壁的結構，河流的出現，或是一塊外形令人吃驚的岩石又讓我懷疑起來。

我將我的迷惑告訴叔叔。他如我一樣，也沒法決定，在這到處都一樣的景色中，他也迷失方向了。

「顯然的，」我對他說，「我們不在我們曾離開的地方，可是風暴將我們帶遠了，要是我們沿著海岸走去，我們就可能到達〈葛拉蓓港〉。」

「無論如何，」叔叔說，「我們在這兒繼續探險是沒必要了，現在最好的事就是回到木筏上。可是你肯定你是對的，阿克塞？」

「這很難肯定，叔叔，因為這些岩石是那樣相像。但我想我可以認出漢恩斯造木筏的那個海角。如果這兒不是那個小港口，那麼我們肯定在它附近。」我接著說，邊觀察著我認為似曾相識的海灣。

「不，阿克塞，我們至少得找到我們留下的足跡，可是我什麼都沒看見……」

「可是，我看見了！」我叫著，向著那在灘上閃亮著的東西跑去。

「什麼？」

「這個？」我答道。

我將剛剛拾起來的一把生銹的短劍給叔叔看。

「哦，哦！」他說，「你帶著這個武器？」

「我沒有，是你……」

「據我所知不是，」教授說，「我從來不曾擁有過這種東西。」

「哦，這就奇怪了。」

「不，阿克塞，這很簡單。冰島人常常攜帶這種武器，它是漢恩斯的，他一定將它掉了。」

我搖搖頭，漢恩斯從來不帶那種短劍。

「它不會是屬於古代戰士的？」我叫道，「是屬於一個和那個身高馬大的牧人同時代的人？這不是石器時代的武器，甚至也不是鐵器時代的。這刀口是鋼的……」

叔叔打斷了這一系列想法，冷冷地說道：

「鎮靜下來，阿克塞，想想看，這把短劍是十六世紀的武器，一把紳士們別在皮帶上隨時用以防備突襲的眞正的匕首。它既不屬於你，也不屬於嚮導，更不屬於那個生活在地球下面的人。」

「你的意思是說……」

「看，它的扭曲形狀不是刺過人的喉嚨後所致的，它的刀口上有一層銹，看來不是一天，一年，甚至一百年可以形成的！」

教授又像往常一樣興奮起來了，他放開了自己的想像力。

「阿克塞！」他接著說，「我們就要有一項偉大的發現了！這把短劍一定在沙地上躺了一百、二百、三百年了，在這地下海的岩石上用得發鈍了！」

「可是它不會自己來到這兒！」我叫道，「它也不會自己將自己扭曲形狀！一定有人先我們到這兒來過！」

「對，有一個人。」

「而那個人？」

「那個人，一定用這把短劍，在某塊地上刻下了他的名字。他想再次指出通向地心的路。」

懷著極大的興奮，我們沿著高高的絕壁邊緣而行，搜尋著每一個可能通向某個坑道的裂縫。

不久我們便來到海岸變得狹窄的地方，海水幾乎延伸到絕壁腳下，留下一條寬度不超過幾碼的通道。在兩塊突出的岩石之間，我們看到一個通向黑暗坑道的入口。

那兒，在花崗岩板上，出現了兩個神秘的字母，由於歲月流逝而被腐蝕掉了一半——那個自信而又勇敢的旅行者名字的兩個首字母：

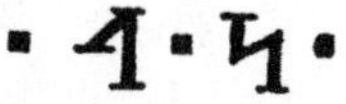

「A·S·」叔叔嚷道，「阿恩·薩克努尚！又是阿恩·薩克努尚！」

第四十章・我們遇到了障礙

我認爲我不會再對什麼感到驚異了，因爲從我們的旅行開始以來，我已感受到了太多的驚訝。可是，在看到這兩個三百年前就被刻在這兒的字母時，仍驚奇地呆住了。不僅僅是因爲岩石上刻著這位博學煉金術士的簽名，而且我的手裡還拿著用來刻字的短劍。最駭人的欺詐是不可能了，我不該再懷疑這位旅行者的存在和他旅行的眞實性。

當這些想法在我腦子裡迴旋時，李登布洛克教授正沉溺於他對阿恩・薩克努尙的一連串莫名其妙的狂熱頌詞中。

「奇異的天才，」他嚷道，「你沒有疏忽一切可以指引其他人通向地心的方法，甚至在現在，歷經三個世紀後，你的後來人還能追隨你的足跡經過這地下通道。你使你自己以外其他人目光能夠看到這些奇跡。你到處都刻著的名字讓旅行者有足夠的勇氣來跟你直達他的目的地，並且在我們這個行星的中心還能看到你親手刻的名字。哦，我也要在這花崗岩的最後一頁上刻上我的名字，而且這個在你發現的海裡你所見到的海角，從今以後，要讓人人都知道它叫〈薩克努尙海角〉！」

這些或類似的話，就是我所聽到的。我感覺自己被叔叔言辭中所充滿的狂熱所感染。我的心頭再次燃起了熱火。我忘了一切，包括來時遇到的和回去的危險。我會做別人已做的事，只要不是超出人力的事，我都能幹。

「向前！向前！」我叫道。

當教授攔住我時，我已衝進了黑暗的坑道。他，一向是最容易衝動的人，反而勸告我要保持耐心和鎮靜。

「我們先回到漢恩斯那兒，」他說，「將木筏帶到這兒來。」

我非但毫不猶豫地聽從了他的命令，並且飛快地向海岸上的兩塊岩石之間衝去。

「你知道嗎，叔叔，」當我們向前走時我說，「我們得到上帝的異常厚愛。」

「你這樣想嗎，阿克塞？」

「是的，那場暴風雨將我們帶到了正確的路上。感謝上帝賜予我們的暴風雨！它將我們又帶回了這個海岸，晴朗的天氣則只會將我們帶出很遠。要是我們是在〈李登布洛克海〉的南岸，我們會怎麼樣呢？我們將看不到薩克努尙的名字，而且那時我們將會在多石的海岸上迷途。」

「對，阿克塞，事實上，我們向南航行，卻被帶到北面的〈薩克努尙海角〉是我們的幸運。我說這是非常令人感到驚異的，我也找不到什麼可以解釋這件事。」

「哦，那又怎麼樣？我們的職責不是去解釋事情眞相，而是利用它們。」

「你是對的，孩子，可是……」

「可是，現在我們得再向北走，在歐洲的北方國家：瑞士、俄國、西伯利亞，不知道還有其他什麼地方的下面行走。而不會是在非洲的森林或是大西洋的波浪下面掘洞，這就是所有我想知道的。」

「是的，阿克塞，你是對的，一切都再好不過了。看來我們正離開這不可能將我們帶到任何地方去的水平海洋，現在我們要往下走，往下！往下？你意識到我們現在離地心不到四千英里了嗎？」

「就這些？」我叫道，「哇，這算不了什麼。繼續走吧！」

當我們重逢嚮導時，狂熱的談話仍在進行。一切都已準備好了，就等立刻出發，所有的行李都已放到船上。我們坐到木筏上出發了，帆已揚起，漢恩斯掌著舵，沿著海岸朝〈薩克努尚海角〉的方向行駛。

風向對船不利，木筏沒法緊貼著海岸行駛，因而在不少地方我們被迫用我們的包鐵棍撐著前進。海面上經常露出一些岩石，迫使我們繞很長的彎路前進。在海中行駛了三小時後，大約是晚上六點，我們終於到了我們可以下船的地方。

我跳上岸，身後跟著叔叔和冰島人。這次的短程旅行並沒有消滅我的熱情。相反地，我還建議「破釜沉舟」去除一切撤退的可能性，但叔叔卻提出了抗議。我認爲他異常不熱心了。

「至少，」我說，「不要耽擱，馬上就出發。」

「是的，孩子，可我們得先檢查一下這新的坑道，看看我們是否還需要梯子。」

叔叔開始著手準備他的路姆考夫裝備。木筏泊在岸邊，沒有人去管它。這坑道的開口就在不到二十碼的地方，我們這一小夥人由我領頭，一刻也沒有耽誤就出發了。

這略呈圓形的開口直徑約有五英尺，黑暗的坑道直伸入岩石裡面，光滑筆直的表面是由曾通過這兒的爆炸物形成的，底部與外面的地面平行，因而我們毫不費力就可以進去。我們沿著幾乎水平的路前進，才剛剛走了約六步之後，我們的進程被一塊大石頭給打斷了。

「該死的石頭！」看到自己忽然被一塊難以越過的障礙物擋住，我生氣地罵道。

我們徒勞地左右上下尋找著可以通過的路，石頭上沒有裂縫。我非常失望，拒絕承認障礙物的事實。我跪了下來，在石頭底下張望。那兒也沒有缺口，看看上面，也是同樣的花崗岩屏障。漢恩斯用燈光在岩壁的每一部分上照來照去，也沒發現一條裂縫。我們不得不放棄通過的希望。

我在地上坐下，叔叔在通道裡來回大步走著。

「想想，薩克努尚是如何走過去的呢？」我叫道。

「對，」叔叔說，「難道這意味著他也被這塊石頭擋住了嗎？」

「不，不會的！」我嚷道，「這堆石頭一定是由於某種震動或是由於某一場磁風暴的影響而忽然落下堵塞通道的。在薩克努尚回到地面與這塊石頭落下之間相隔了好多年。顯然這條坑道是一條熔岩形成的路，而且那時爆炸物可以毫無阻礙地通過這兒？看，花崗岩頂上產生了一條年代不久的裂縫。頂部本身是由岩塊和巨石構成的，彷彿是某位巨人建造的；可是當有一天壓力過重時，這堆石頭就像下跌的塞縫石一樣，滑落到地面堵塞了這條路。這是薩克努尚沒有遇到的意外的障礙，如果我們不除掉它，我們就不可能抵達地心！」

我說了怎樣一番話！我成了教授的化身，他的探索精神感召了我。我忘記了過去，傲視著將來。地面上的一切，對我來講都已不存在了，城鎮或鄉村，漢堡或科尼斯街，甚至可憐的葛拉蓓，她一定因爲我在地底下走失了而放棄了我。

「哦，」叔叔說，「我們用鐵鎬來開路吧！」

「這塊石頭對鐵鎬來講太硬了。」

「那麼用鶴嘴鋤。」

「岩壁太厚。」

「那用什麼？」

「當然用炸藥！炸掉障礙物！」

「炸藥？」

「對，只要將石頭炸開一點！」

「漢恩斯，開始動手！」叔叔叫道。

那位冰島人回到木筏上，不久就取回了一把鐵鎬用來鑿一個洞放炸藥。這不是件容易的工作，他得鑿一個足以放五十磅火綿的洞，火綿的爆炸力是火藥的四倍。

我極度興奮。當漢恩斯工作時，我幫助叔叔準備一根用亞麻布裝著濕火藥製成的引火線。

「我們會過去的！」我說。

「我們會過去的！」叔叔重覆道。

半夜時分，我們的引爆準備工作完成了，火綿被放入洞內，引火線沿著坑道蜿蜒到坑道外面某一點。

一顆火星就足以引爆整個裝備。

「明天。」教授說。

我除了順從地等待漫長的六小時外——別無選擇。

第四十一章・從坑道下去

第二天是八月二十七日星期四，這是我們地下旅行中的偉大日子。但現在我想起它來，仍會不由自主地心悸。從那時起，我們理性、判斷力和機敏，加在一起也沒有用處了，並且我們已成了自然力量的玩物。

約六點時我們起來了，炸掉這花崗岩障礙物，開出一條路的時間來臨了。

我要求得到引燃導火線的榮耀。我一點燃它，就跑到那條還沒有卸貨的木筏上與我的同伴待在一起，接著我們就駛出海，以免遭到爆炸的危險，這爆炸產生的影響並不僅限於岩石的內部。

依照我們的計算，在火星蔓延到火綿之前，引火線要燒十分鐘，因而我有足夠的時間跑到木筏上去。

我並不是毫不緊張地開始準備實行我的工作。

匆匆吃過飯後，叔叔和漢恩斯登上了嚮導，我留在岸上。

「去吧，孩子，」叔叔說，「馬上就回到我們這兒來。」

「不用擔心，」我答道，「我不會停下來玩的。」

我立刻跑到坑道口，點燃了提燈，並撿起導火線的末端。

教授手裡拿著時辰表。

「準備好了？」他喊道。

「好了，我準備好了。」

「好，開始點火，孩子！」

我將導火線末端伸入火中，見到它點燃了，就跑回海邊。

「到木筏上來，」叔叔說，「我們要把木筏推出去。」

漢恩斯用力一推，就將木筏送出海面六十英尺遠。

這是個振奮人心的時刻，教授盯著手中的時辰錶。

「還有五分鐘，」他說，「還有四分鐘……還有三分鐘。」

我的脈博每半秒鐘就跳動一下。

「還有二分鐘……一分鐘……現在，花崗岩山石，滾開吧！」

接著發生了什麼？我想我沒有想到爆炸的聲音。可是，我眼前這塊石頭的形狀忽然變了，像一道幕帘似地打開了，我看到海岸上出現了一個深淵。海洋由於一陣震動，掀起了狂怒的波浪，木筏在浪頭上立了起來。

我們三個人都臉朝上平直地被掀倒了。不到一秒鐘，一片黑暗就代替了光亮。接著，我感覺到不僅是我，木筏下面也已沒有了支撐。我想它正在下沉，但事實並非如此。我想對叔叔說話，但海水的咆哮聲使叔叔聽不到我所說的。

可是，儘管有黑暗、聲音、驚奇和不安，我已意識到發生了什麼事。在被打開的岩石的另一邊，是一個深淵。爆炸在這麼多裂縫的岩石上引發了一種地震，深淵口已打開，海水便轉化爲一股急流，灌了進去，並將我們也帶了進去。

我因爲失敗而自責。一個小時過去了——也許是兩小時——我不清楚。我們彼此拉著手，以防被拋出木筏。每當木筏撞到岩壁上的時候，就會導致一陣猛烈的震動，但這並不是經常發生的。因此，我估計這坑道正在變寬。毫無疑問這是薩克努尙曾走過的路，但這次並不是只有我們在走，由於我們的不小心，將海水也帶了下來。

當然我是模糊而又朦朧地引發這些念頭的，在這看來像是急促下落的使人昏眩的下降中，我很難將它聯繫在一起。從正抽著我的臉的空氣來判斷，我們下降得比最快的特快火車還要快。在這樣的條件下，要點亮一根火炬是不可能的，我們最後的一支電燈設備由於爆炸而震壞了。

因而，我在發現面前忽然有道光亮起路時萬分吃驚，它照亮了漢恩斯平靜的臉龐。這位有本事的嚮導成功地點亮了提燈，雖然火焰搖曳不定幾乎熄滅，但在這可怕的黑暗中仍散發著微光。

我認爲這條坑道是較寬的想法是對的。這微弱的光線沒法一下子照亮兩邊的岩壁，海水在斜坡上以一種比美洲最湍急的急流還快的速度下降著。水面看來彷彿是由一束被

難以置信的力量射出的火箭組成，我想不出更好的比喻來表述我所得到的印象。木筏有時會遇上漩渦，並且急促地轉著。當它移近坑道的岩壁時，我將提燈的燈光投到上面，通過觀察那條路上像條連綿不斷地絲帶似的岩石突出部分來判斷我們的速度，我們像被監禁在移動著的絲帶網中，我估計我們一定以每小時八十英里的速度前進。

叔叔和我彼此用憔悴的目光盯住對方，緊貼著桅杆的殘餘部分，這根桅杆在災禍突來之際被折爲兩截。我們背對著急速流動的空氣，以免被人力無法抵擋的運動速度給緒得窒息了。時候一小時一小時地過去了，我們的情形仍沒有變化，然而我發現事情已經變複雜了。

在試圖整理一下我們的行李時，我發現我們放在船上的大多數東西都在爆炸那一刻，就是當海水猛然襲擊我們時給搞丟了。我想弄清楚還剩下什麼，提著提燈開始檢查。我們的儀器只剩下了羅盤和時辰錶。我們的梯子和繩子只剩下綑繞在桅杆殘餘部分上的一些。鐵鎬、鶴嘴鋤和斧子一個都沒剩下，更糟的是，我們剩下只夠吃一天的食物。

我在木筏上的每一個裂縫和裂隙中搜尋，橫木上的最微小角落和厚板上的連接處也不放過。我們的食品除了一片醃肉和幾片餅乾外什麼也沒剩下。

我呆呆地盯著這一點點存貨，不想知道後果。我擔心的是什麼危險？就算我們有足以吃上幾個月甚至幾年的食物，我們又如何走出這深淵呢？我們正被不可抵抗的急流捲進去。當死亡已經以多種方式在威脅我們時，我們爲什麼還要害怕飢餓呢？我們是否還有足夠的時間餓死？

由於一種不可理解的奇異幻覺，我忘了目前的危險而去考慮將來的險情，它們恐怖地展現在我面前。此外，也許我們可以逃離這憤怒的急流並回到地面？怎麼逃呢？我不知道。通過什麼路徑呢？有又怎麼樣呢？一千分之一的機會仍是機會，然而餓死究竟沒有希望避免了。

這種念頭迫使我想告訴叔叔一切，指給他看我們已處於怎樣可怕的困境中，計算一下我們確切還能活多久。可是我有勇氣來保持沉默，我想讓他保持冷靜和鎮定。

當時，提燈的光搖曳不定，接著就熄滅了，燈心已燒完了，我們又被拋進一片漆黑了，我們已不指望會破除黑暗了。我們只剩下了火炬，可是無法點燃它。於是，我像個孩子一樣閉上了眼睛，可以不用看著這一片黑暗。

一段長時間的間歇後，我們的速度又增加了，從臉上的風可以感覺到這一點。下坡變得越來越陡了，我眞的以爲我們除了下跌外不會再滑行下去了。我有一種幾乎要垂直下跌的感覺。叔叔和漢恩斯用手臂牢牢抓著我。

忽然，在一段無法測量的長時間過後，我感到一陣震動。木筏沒有撞到什麼硬東西，可是它的下降忽然被撐住了。一股巨大的水柱噴了過來，打在木筏上，我感覺到我似乎快被窒息了，快被淹溺了。

然而，這忽然而來的洪流不再持續下去。幾秒鐘後，我發覺自己又在吞咽著新鮮空氣。叔叔和漢恩斯緊捏著我的手臂，足以將它們捏斷，木筏仍然載著我們三個人。

第四十二章・上升

我猜現在大約是晚上十點左右。在經過最後一次的遭遇後，我的第一個開始工作的器官是聽覺。我幾乎立刻就聽到——這是眞正的聽力——聽到一片寂靜已代替了一直充滿我耳朵數個小時的咆哮聲。接著，叔叔喃喃的說話聲傳到我這兒來。

「我們正在上升！」

「你是什麼意思？」我叫道。

「是的，我們正在上升，正在上升！」

我伸出手去觸岩壁，結果手被擦傷了。我們正以極快的速度上升著。

「火炬！火炬！」教授嚷道。

漢恩斯好不容易才點燃了它，火焰並不因爲我們的上升運動而停止向上，發出足夠的光芒照亮了整片景象。

「正如我所想，」叔叔說，「我們正在一條狹窄的直徑約有二十英尺的礦坑裡。海水降到了深淵底部之後又會重新上升了，它會一直上升到水平線的高度，也就會將我們也帶了上來。」

「帶到哪兒？」

「那我不知道，可是我們得準備好一切。我們正以我估計是每秒二十英尺或每小時八十英里的速度上升著。照此情形下去，我們將上升很長一段路。」

「對，倘使沒有什麼東西擋住我們，並且這個坑道有出口的話。可萬一它被塞住了，萬一空氣由於水柱的壓力而漸漸被壓縮，我們就會被壓死。」

「阿克塞，」教授鎮靜地說，「我們的處境是很危險的，不過我們還有逃亡的機會，並且我已考慮過了。我們每一刻都會死，我們也隨時都會獲救。因此，我們準備好抓住每一個最微小的機會。」

「我們現在要做什麼呢？」

「吃點東西補充力量。」

聽到這些話，我用憔悴的眼神盯著叔叔看，我曾不想說出來的話終於說了出來。

「吃飯？」我重覆道。

「是呀，馬上就吃。」

教授又用丹麥語補充了幾句話，漢恩斯搖了搖頭。

「什麼！」叔叔叫道，「我們所有的食物都丟了？」

「對，這是我們剩下的所有食品——一片醃肉三個人分吃！」

叔叔看著我，彷彿不想明白這是怎麼一回事。

「哦，」我說，「你仍然認爲我們會獲救嗎？」

——我的問題得不到回答。

一個小時過去了。我開始感覺到了可怕的飢餓，我的同伴也感受到了，可我們之中沒有一個敢去碰這可憐的殘餘食物。

當時我們仍在飛快地上升。顯然地這空氣令我們喘不過氣來，彷彿是飛艇迅速上升時產生的作用。但它們在越升越高時，本身溫度也越來越低。我們則開始感覺到一種相反的結果，溫度以一種危險的比率上升著，當時一定有四十攝氏度左右。

這種變化意味著什麼呢？以前我們的經歷都傾向於證實大衛和李登布洛克的理論。直到現在，不傳熱的岩石、電光和磁力的情況已修改了自然定律，並提供給我們適度的溫度。因爲我覺得這一直存在於我的信念中的地心熱理論才是唯一能被證實的理論。我們是不是因此將進入一個地心熱現象完全存在，而且這種高溫能將岩石熔化成液體的地方？我越來越害怕，就對教授說：

「即使我們既沒有被淹死，也沒有被壓死，而且即使我們不被餓死，我們也要被活活燒死了。」

他僅僅聳了聳肩膀，就又回到他的思考中去了。

又一個小時過去了，除了氣溫稍有點升高外，什麼可以改變目前情況的事也沒有發生。叔叔終於打破了沉默。

「看這兒，」他說，「我們得行動了。」

「行動？」我說。

「是的，我們得補充氣力。要是我們想通過慢慢享用這點食物來將我們的生命延長幾小時，我們將疲軟無力，一直到最後。」

「噢，末日已不遠了。」

「也許事實並非如此，要是我們聽任飢餓削弱我們的話，萬一有了活命的機會，萬一必須採取突擊行動的話，我們到哪兒去尋找氣力呢？」

「可是，我們一次就吃完這點食物，叔叔，我們還剩下什麼呢？」

「沒有了，阿克塞，什麼都沒有了。可你光用眼睛貪婪地注視著它的話，它會不會多起來呢？你像一個沒有果斷力，沒有毅力的人那樣推論著。」

「你還沒有絕望？」我火冒三丈地喊道。

「不，當然不！」教授堅定地回答。

「什麼！你仍然以爲還有逃亡的機會？」

「是的，我認爲只要心還在跳著，就不相信任何被上天賦於果敢力的人會絕望。」多麼了不起的話！在這種情形下說這些話的人一定有不凡的氣質。

「你建議我們做什麼呢？」

「吃了剩下的食品直到最後一點餅乾屑，恢復我們正消耗著的氣力。這將是我們最後一頓飯，但無論如何我們得重新成爲男子漢，而不是疲憊的孱弱之人。」

「好吧，我們吃吧。」我說。

叔叔拿起那片沒被毀掉的醃肉和餅乾，將它們分成三等份，再分發出去，我們每個人都分到約一磅食物。教授貪婪地大吃他那份定量食物，帶著一種發瘋似的興奮感。我並不開心地吃著，我已忘了飢餓，而且簡直沒有胃口了。漢恩斯安詳地，慢慢地吃著，一小口一小口地安靜地吞咽著，並以一種只有從來不會擔心將來的人才有的鎮靜享受著食物。在細心而又不斷地搜尋後，他找到半瓶杜松子酒。他把它遞給我們，這瓶酒對稍微振作起我的精神起了作用。

「Fortrafflig」漢恩斯在酒瓶輪到他時說。

「好極了。」叔叔重複道。

一線希望又回到了我身上，可是我們的最後一頓飯已完了。現在是凌晨五點。

人的身體狀況常處於一種純粹的消極狀態，一俟他的飢餓被解除後，就很難再想像飢餓時的痛苦，不感到餓了，他就不會去體會其中的滋味。因此，那幾口肉和餅乾很快就掃去了我們過去的痛苦記憶。

然而，那一頓飯已吃完了。我們每個人就開始陷入沉思，我極想知道漢恩斯這位生長在極西方卻天生有著東方宿命論的人在想些什麼。

至於我，我的想法都是些回憶，它將我帶到地面，我應該從來沒離開過的地方。科尼斯街上的房子，可憐的葛拉蓓和最親愛的老瑪爾莎像放電影一樣掠過我的眼前。在咆哮著穿過岩石的陰沉的轟隆隆聲音中，我想像我聽到了地面上的城市之聲。

叔叔呢，他從來不會忘記他的工作，他正仔細地觀察著岩層的性質，手裡舉著火炬，想從岩層的觀察結果中得出他所處的位置。這種計算，應該說是估計，只能得到一個大概的結果，可一位科學家當他保持他的泰然自若時絕對是一位科學家，李登布洛克教授當然具有這種非同尋常的性格。

我聽到他正嘟噥著一些我也懂得地質學上的名詞，我也不由自主地開始對這最後的研究工作感興趣了。

「火成花崗岩，」他說，「我們仍在原始時代。可是我們正在上升，我們正在上升，誰知道呢？」

他還沒有絕望。他用手試探著筆直的岩壁，幾分鐘後，他繼續說道：

「這是……片麻岩，這是……雲母片岩！好！我們不久就要來到過渡時期的岩層，然後……」

教授是什麼意思？他能測量出我們頭頂上的地殼厚度嗎？他作這些計算有什麼意思嗎？不，他已沒有了壓力計，是不可能計算的。

當時溫度還在迅速上升著，我感覺自己正沐浴在這燃燒著的空氣中，像是鑄造工廠裡熔化的礦物被灌入模中時火爐放出的熱氣。漸漸地漢恩斯、叔叔和我不得不脫下我們的上衣和背心，最輕的覆蓋物也變成了累贅，更不必說痛苦了。

「我們正上升到火爐那兒去嗎？」當溫度又筆直上升了時，我叫了一聲。

「不！」叔叔答道，「那是不可能的，不可能的！」

「無論如何，」我試探著一邊的岩石，「岩壁好燙。」

正說著這句話，我的手碰了碰水，馬上就縮了回來。

「水在沸騰！」我喊道。

此時，教授唯一的回答，就是一臉怒氣沖沖的表情。

接下來，一種難以克服的恐怖感攫住了我，而且難以擺脫。我感覺到一種最活躍的想像力也無法構思出的災禍有正在逼近，我的腦子裡起初很模糊且朦朧的念頭變得明朗起來了。我將它趕走，但它又頑固地轉回來。我不敢將它變成語言，可是一些無意中得到出的觀察結果證實了我的估計。

借助火炬的微光，我注意到花崗岩層上發生的一些震動。顯然將發生某種電現象，接著是這無法克服的高溫、沸騰著的水……我決定觀察一下羅盤。

「它」已經瘋了！

第四十三章 從火山爆發中出來

是的，羅盤已經瘋了！指針痙攣似地從一極到另一極搖擺個不停，輪流地指著羅盤上的每一點，旋轉者彷彿患了頭暈症。

我很清楚這種現象。根據公認的理論，地殼中的礦物從來不處於完全靜止的狀態。礦層成分的分解，強大的水流形成的劇烈震動，以及磁力的活動所造成的變化等等，都能擾亂它。雖然地面上的生物可能感覺下面是安靜的。因爲這種現象並不會使我驚恐不已，它至少不會引起我滿腦子令人恐怖的猜疑。

可其他事實，其他特殊情形不容忽視。我聽到頻繁響起的巨大的爆炸聲，只能將它們與鋪著圓石子的大街上許多貨車疾馳而過發出的噪音相比較。不久，這種聲音就變爲一種連續不斷的雷鳴聲。

接著，這被電現象震撼得發瘋了的羅盤證實了我的見解。礦層預示著爆發的徵兆，花崗岩會合攏起來。當縫隙閉攏來，空隙處被塡滿時，我們這些可憐的小東西就會在這恐怖的擁抱中被壓得粉粹。

「叔叔，叔叔，」我叫，「我們完了！」

「你現在害怕什麼呢？」他用令人吃驚的鎮靜聲音答道，「怎麼了？」

「怎麼了？」看這震動著的岩壁，這戰慄著的石頭，這滾燙的熱度，這沸騰著的水，這些水蒸氣團，這瘋狂的羅盤，全都是通常地震的徵兆！」

叔叔輕輕地搖了搖頭。

「地震？」他說。

「是呀！」

「孩子，我想你錯了。」

「什麼！你沒注意到這些徵兆嗎？」

「地震的徵兆？不，我想沒有什麼比這更好了。」

「你是什麼意思？」

「火山爆發，阿克塞！」

「火山爆發？你的意思是說你以爲我們正在一座活火山的通道中？」

「我是這樣認爲，」教授微笑著說，「我想這是我們所遭遇到的最好的事情。」

最好的事！

叔叔瘋了嗎？

他這是什麼意思？

他怎麼能這樣鎮靜並且帶著微笑？

「什麼！」我叫道，「我們正在一場火山爆發中！命運已將我們拋到了由滾燙的熔岩流、熔化的岩石、沸騰著的水和所有火山噴發物組成的路上！我們將隨著岩石碎片和灰塵煤渣一起在旋風一般的火焰作用下被擲出去、驅逐出去、丟棄出去、噴出去擊到空中！你說這就是我們所遭到最好的事！」

「是，」教授從他的眼鏡上方看著我，說道：「因為這是我們回到地球表面的唯一機會。」

成千上百個想法在鄉腦海裡互相撞擊時，我什麼都沒有說。

叔叔是對的，確實是對的。當他正冷靜地計算這場火山爆發的可能性時，我想他從來沒有比現在更自信和自滿了。

當時我們繼續上升著，並且連續了一夜。周圍的喧囂聲一直在愈來愈響。我幾乎被窒息，並想到我的末日就要來臨了。幻想就是那樣奇怪的東西，令我專注於我幼稚的思考。可是我畢竟是我的思想的俘虜，而不是它的支配者。

我們顯然被火山爆發的震動向上掀起來，木筏底下是沸騰著的水，水底下是熔岩流和凝集成一團的石頭，那些岩石從火山口裡噴出來時，會向各個方向散射出去。我們正在一條火山的裂縫中，在那個當口是沒有懷疑的餘地的。

但此次的火山並非斯奈弗，我們所在的是一座正在活動著的火山。因此，我開始想知道這座火山在什麼地方，我們將被射到世界的哪一塊角落中去。

我毫不懷疑我們一定是在北方的某個地區內。在羅盤發瘋之前它的指針一直顯示著我們是朝著那個方向的。離開〈薩克努尚海角〉我們就被向北帶出幾百英里。我們又回到冰島下面了嗎？我們是不是將被噴出海克拉火山口或冰島其它七個火山之一的火山口呢？在那個緯線上面，方圓一千五百英里的地方我可以想到的只有西面，美國西北岸的無名火山，東面的只有離斯畢茨保根不遠的詹·邁揚島上的文斯克火山。當然那兒火山口不少，而且它們中的一些大到足以吐出整整一支軍隊。可是，我想知道的是究竟哪個火山口是我們的出口。

到了早晨時，我們的上升運動又加速了。在接近地球表面時，溫度並沒有降低，而是在上升，這完全是由火山運動引起的局部現象，我們的上升令我無法懷疑這一點，地球內部聚起來的水蒸氣所產生的一種強大的力量——幾百個大氣壓的力量，不可抵抗地將我們往上推動著，而它會使我們面臨著怎樣的危險！

不久，在這正越來越寬闊的垂直的坑道裡出現了可怖的光亮，在左右兩邊我看到很深的像是巨大的坑道似的通道正冒著蒸氣團，發出劈劈啪啪聲音的火舌正舔著岩壁。

「看，看，叔叔！」我叫道。

「那些只是硫磺的火焰。在爆炸中，沒有什麼比這更自然了。」

「可是，萬一它們包圍我們呢？」

「它們不會包圍我們的。」

「可是，萬一我們被窒息了呢？」
「我們當然也不會被窒息的，通道正在變寬，有必要的話，我們可以離開木筏並躲進某個裂縫中。」
「這上升著的水呢？」
「沒有水留下了，阿克塞，只有一種粘性的熔岩流帶著我們上升到火山口。」水柱確實消失了，讓位給固體——沸騰著的火成岩。溫度已上升到不堪忍受的地步，要是我們有溫度計，它一定會在攝氏度70以上。我全身都泡在汗水中，要是我們不是正在飛快地上升，我們無疑是要被窒息了。
然而，教授並沒有實施他離開木筏的主意，這也好。那幾塊隨便拼在一起的桶板爲我們提供了立足點，我們在別的地方肯定找不到這個立足點的。
早上八點左右時，第一次發生了一件新的事。上抬升忽然停止了，木筏也完全一動不動了。
「怎麼了？」我問道，由於這忽然的停止而搖晃著。
「停下了。」叔叔答道。
「爆發完了嗎？」
「我眞希望沒有完。」
我站著環顧四周。也許木筏拌著了某塊岩石的突起部分，並暫時使噴發停下，要是

這樣的話它立刻就會再度上升。

但事實並非如此。灰土、煤渣和岩石柱自己也停止上升了。

「爆發結束了嗎？」我叫。

「啊，」叔叔咬咬牙說，「你害怕它已經結束了，是嗎，孩子？但不用擔心，這停息只是暫時的，它會持續了五分鐘，不久，我們就又會恢復通向火山口的旅行。」

當教授說話時他一直看著時辰錶，他的話又一次被證明是對的。不久，木筏又開始運動了，疾速但又發痙攣似地上升了兩分鐘，然後又停了下來。

「好，」叔叔看著時候說，「十分鐘後它還會繼續的。」

「十分鐘？」

「是的，這是一座間歇火山。它不時讓我端一口氣，同時它自己也停歇一下。」

這是完全正確的。到了規定的時間，我們又以極快的速度開始上升，我們不得不緊貼著桶板以免被拋出木筏外。接著衝刺又停止了。

自從思考這個奇怪的現象以來，我一直得不到滿意的解釋。很明顯我們不是在火山的主要通道中，而是在鄰近的通道中，也受到了一些影響。

這種情況發生了多少次我說不上來，我所知道的是每次重新上升時我們就被一股不斷增加的力量推了上去，彷彿我們站在一塊眞正的拋射物上。在短時間的停止期間我們幾乎被窒息，當我們運動著時，濃燙的空氣又令我無法呼吸。

一時間我想像自己忽然來到了溫度是零下三十度的北極區域。我那活躍的想像力描繪了北極國家的雪地，我渴望著我此時在極地的冰地上打滾。事實上，我的頭腦由於反覆的震動而漸漸發昏，並難以自控了。要不是漢恩斯的胳膊，我的腦袋會不止一次地撞在花崗岩壁上。

所以，我對後來的幾個小時內發生的事記得並不清楚，只是模糊地記得連續不斷的爆炸、震動著的岩石以及使木筏旋轉起來的螺旋運動。木筏在熔岩流的浪濤上，在一陣灰土雨中搖擺著，被咆哮著的火焰所包圍。一種彷彿來自於一大風箱的暴風不斷地給這個地下火爐吹氣生火。在火光中我最後一次瞥見漢恩斯的臉，以後我唯一的感覺就是一個被綁在炮口的罪犯所持有的恐怖感，炮已點著，他的四肢即將分散飛揚於空中。

第四十四章・回到地面上

當我再度睜開眼睛時，感覺到漢恩斯強有力的胳膊正抓著我的皮帶，他的另一隻手支撐著我的叔叔。我傷得並不厲害，僅僅是渾身都是瘀傷而已。我發現自己正躺在一座山坡上，這兒離深淵只有幾英尺，只要稍微動一動就要跌下去。當我沿著火山口的坡滾下去時，是漢恩斯救了我的命。

「我們是在哪兒？」叔叔問道，他看來對回到地面異常反感。

嚮導只是聳聳肩，表示他完全不知道。

「在冰島？」我說。

「不！」漢恩斯用丹麥文回答。

「什麼，不在冰島？」教授道。

「漢恩斯一定搞錯了。」我說著，坐了起來。

在經歷過旅行中無數的驚奇之事後，但還有一件奇事在等著我們。我期望見到覆蓋著積雪的山峰，周圍是北方的不毛之地，屬於北極的天空的灰光，我期望是在最高緯度的地方。可是這地方與這些期望卻完全相反，叔叔、冰島人和我，正躺在被灼熱的太陽光曝曬著的半山腰上。

我真不敢相信自己的眼睛！可是，我的身體正遭受著的真正的陽光曝曬不讓我有一點懷疑的餘地。我們半裸著身體從火山口裡出來，我們渴望了兩個月的明亮的世界，正過度慷慨地將強烈的光芒，灑在我們身上。

當我漸漸習慣於這已變得不熟悉的光亮時，我利用它來修正了我想像中的謬誤。我希望我們是在斯畢茨保根，我無心再相信任何其它可能了。

教授第一個開了口，他說：

「這兒當然不像冰島。」

「那麼是加麥耶島了？」我問。

「也不像，孩子，這不是有著花崗岩斜坡和山頂積雪的北方火山。」

「然而……」

「看，阿克塞，看！」

在我們頭頂上方，不超過五百英尺的地方，有一座火山，每過一刻鐘，隨著很響的爆炸聲，就噴發出一道好高的火柱，混合著浮石、灰土和岩漿。我能感到火山的震動，它像是一頭鯨魚似地呼吸著，從巨大的鼻孔裡噴出火和氣。我們的下面，在相當陡峭的山坡上泛濫成河的火山噴淌出了七、八百英尺遠，說明這座山有一千八百英尺左右的高度。它的根基藏在一片規則的綠樹陰影下。在樹林中我看到橄欖樹、無花果樹和結滿紫紅色葡萄的葡萄樹。

我不得不承認這並非北極的景色。

此時，我們的視線正越過了這綠色地帶，並伸進一片美麗的海或湖水中，那上面迷人的陸地看來像是一個寬約幾英里的小島。東面是一個四周圍著一些房子的小港口，藍色的波浪上飄浮著幾艘特殊類型的船舶。再過去一點，一群小島升起在水面上，多得像是螞蟻群。在西面，遠處的海岸襯托著地平線。在幾段海岸上柔和地起伏著山脈映出了黑影，而在更遠的海岸上，出現一座飄著煙霧的巍峨北峰。北面，一片無邊無際的汪洋在陽光下閃閃發光，茫茫一片到處露出些桅杆的頂端或是幾彎脹滿了風的帆。

這樣的景色確實出人意料，意外成百倍地增添了驚人的絢麗。

「我們是在哪兒？我們是在哪兒？」我一直在嘟囔著。

漢恩斯漠不關心地閉上了眼睛，叔叔疑惑地向四周望著。

「無論這座山是什麼，」他終於說，「這兒十分熱，爆炸仍在繼續，要是我們安全地從火山裡出來，卻一頭撞在石頭上，那就太遺憾了。下去吧，我們就會知道我們是站在什麼地方。此外，我快餓死渴死了。」

教授決不是喜歡沉思的個性。至於我，已忘了所有我的需要和疲乏，甚至想再在這風景裡待上幾個小時，可是我不得不跟著我的同伴。

火山坡十分陡峭，我們好幾次滑進岩道裡，小心地躲開這像是一條條可怕的巨蛇似地蜿蜒爬下山來的熔岩流。一路走下去的時候，我口若懸河地喋喋不休，因爲我的想像力變得太豐富了，以致無法用語言盡吐所知。

「我們是在亞洲，」我叫道，「在印度海岸上，馬來半島上，在大洋洲！我們已穿過了地球從歐洲跑到對面來了。」

「那麼羅盤如何呢？」叔叔說。

「對，當然了，羅盤，」我十分尷尬地說，「按照羅盤所指示的，我們正一直向北行進著。」

「羅盤是平躺著的嗎？」

「躺著？不是，這又該怎麼說？」

「它指著北極嗎？」

「北極？不，可是……」

這是一個謎，我不知道該怎麼想。

當時我們正離那賞心悅目的綠色樹林越來越近。我被飢渴折磨著。幸運的是，在步行了兩個小時後，我們抵達了一座可愛的村莊，那兒完全覆蓋著似乎是公共財產的橄欖樹、石榴樹和葡萄樹。無論如何，在如此貧困的情況下，我們已沒有情緒過分正經了。當我們的嘴唇壓著那美味的水果，並且咬著那整串的紫葡萄時是怎樣的快樂啊！

不遠處，就在可愛的樹下的草地上，我找到一眼新鮮的泉水，我們痛快地將頭和手伸了進去。

當我們正享受著這種休息的樂趣時，一個小孩出現在兩叢橄欖樹之間。

「啊！」我叫，「這樂土上的一位本地人！」

他是個衣衫襤褸，而且形容憔悴的窮孩子，顯然由於我們的出現而十分驚恐。的確，身體半裸，頭髮和鬍鬚極其蓬亂的我們，當然不會令人產生好感，而且除非這兒是強盜國，否則我們就有可能嚇壞這兒的居民。

正當這小孩準備逃走時，漢恩斯追上他，不顧他又踢又叫把他帶到我們這兒來。

叔叔盡力使他恢復平靜，然後用德文問他：

「這座山叫什麼名字，孩子？」

孩子沒有回答。

「好，」叔叔說，「我們不在德國。」

接著，他又用英語問同樣的問題。

這孩子仍然不回答。我迷惑了。

「這孩子是啞巴嗎？」教授叫道，他一直很以自己的語言能力爲驕傲，接著又用法語問同樣的問題——同樣沒有回音。

「我們再試試意大利語。」叔叔說，接著他問道：

「Dove noi siamo？」

「是，我們在哪兒？」我急急地重覆道。

這小孩仍然不回答。

「有人對你說話你會回答嗎？」叔叔叫道，大發雷霆並搖著孩子的耳朵。

「Come si nome questa isola？」

「斯特隆博利，」這位小牧人答道，掙脫漢恩斯的拉扯，穿過橄欖樹奔向平原。

我們不再想起他。斯特隆博利——這出人意料的名字在我的想像力中造成了怎樣的影響啊！我們是在地中海之中，在愛琴海神話的中心，在風神控制著風雪的原始圖形地帶中。東面這些藍色的山脈是卡拉布利亞的山脈！南面的火山就是無與倫比的凶猛而又可怕的埃特納火山！

「斯特隆博利！斯特隆博利！」我反覆叫道。

叔叔用他的聲音和手勢為我伴奏，因而我們看來像是在一起高歌。

噢，怎樣的一次旅行啊！多麼偉大的一次旅行！我們從一座火山口進去而從另一座出來，而這另外一座火山離斯奈弗，離世界最極端的冰島不毛之地有三千多英里！我們這次探險的機會將我們帶到了世界最美麗的地方的中心！我們將常年積雪的地方換成了這無邊無際的蔥綠的樹林，將北極灰暗的迷濛霧天換成了這西西里的藍天！

在吃完我們的由水果和清水組成的美味佳肴後，我們又朝著斯特隆博利港口的方向出發了。我們發現要將我們如何到達小島的過程講出來是不明智的。迷信的意大利人一定會毫不懷疑地將我們當作從地獄裡被扔出來的惡魔，因而我們自然地冒充失事船的遭難者。這樣不太光榮但比較安全。

一路上我聽到叔叔在嘟噥：

「可是羅盤！羅盤！它指著北方！我們如何解釋這個事實？」

「天哪！」我傲慢地說，「最好就不要解釋，那是最簡單的答案。」

「什麼！一個約漢奈姆學院的教授沒法解釋一個宇宙現象！這種想法眞是有失體面啊！」

叔叔說完後，半裸著身體，只用皮帶錢包帶圍著腰，鼻子上戴眼睛，一下子又變成了嚴厲的礦物學教授了。

離開橄欖林一小時後，我們抵達聖．溫塞齊奧港口，在那兒漢恩斯索取了他第十三周的工資。叔叔把錢數給他時，還伴隨著熱情的握手。

那時候，即使他並不和我們一起分享我們最自然的感情，至少他向我們表示了一種最不尋常的感情表達方式：他用他的指尖輕輕地按了一下我們的手，並笑了起來。

第四十五章・又回到家了

這就是故事的結尾——那些對任何東西都不感興趣的驕傲者，是不會相信這個故事的。可是我已預先準備好習慣這些人的疑惑。

斯特隆博利的漁民，以他們對待失事船的遭難者的友善迎接了我們。他們供給我們食品和衣物，在等候了四十八小時後，一艘小船在八月三十一日將我們送到了墨西拿（西西里島的第三大城市），在那兒我們休息了幾天，消除了疲勞。

九月四日，星期五，我們登上了〈伏爾杜諾號〉船。那是一艘法國皇家郵船，三天後在馬塞登陸。我們的腦子除了有關那只倒楣的羅盤問題外什麼都不想。它那不可理喻的表現的秘密一直折磨著我。九月九日晚上我們抵達了漢堡。

我無法描繪當我們回到家時，瑪爾莎的驚異和葛拉蓓的快樂。

「現在你是英雄了，阿克塞，」我親愛的未婚妻對我說，「你不會再離開我了。」

我望著她，她含著淚笑了。

我讓讀者們自己去想像——李登布洛克教授的回來在漢堡所引起的轟動吧！

由於瑪爾莎「廣播」的結果，有關叔叔離開是到地心去的新聞已傳遍了全世界。人人都不相信，而當他們看到他回來時更不相信了。

然而，漢恩斯的在場和從冰島傳來的各種消息，漸漸改變了大衆的想法。

叔叔成了偉大人物，我作爲一個名人的侄子，也沒有被小瞧。漢堡爲我們的榮譽舉辦了一次酒會，約漢奈姆學院則舉辦了一次公開演講會，教授在會上講了他探險的經過，只省略了羅盤的秘密。當天他將薩克努尙的文件存進了城市檔案保存處，並且表示，他萬分遺憾當時的環境比他的意志更堅強，它阻礙了他追隨丹麥人的足跡去到眞正的地心。他很謙遜地對待自己的榮譽，結果他的名望卻更大了。

這麼大的榮譽必然招致妒忌。有些人沒法接受他的聲譽，而且他的理論在有關地心熱的問題上同科學理論相衝突。他不得不忙於用嘴巴和筆與全世界科學家展開辯論。

至於我，我不同意他的「逐漸冷卻」，不管我曾見到過什麼，我仍相信，而且將永遠相信地心熱的說法。可是我承認，某些還沒有完全弄懂的條件會在自然現象影響下修改這個規律。

當這些問題被熱烈討論著時，叔叔感到了一種眞正的悲痛。漢恩斯不顧他如何懇求，離開了漢堡。這位令我們欠著他一切的人，不容許我們用盛情招待來償還，他也早已爲思鄉症所苦。

「**Farval**（再見）。」

有一天，他只說了這一句話就動身到雷克雅未克去，他平安地回到了那兒。

我們深深地依戀這位打棉鳧的獵人，儘管他離我們很遠，但他永遠不會被他曾救過的人們忘記，我希望在我死之前還能再見到他。

＊

最後，我還得補充一下這本《地心冒險記》在全世界引起了極大的轟動。它被譯成各種語言，主要的報紙爭著刊登其中最精彩的片段，它被一部分相信者和懷疑者以同等的言論談論著、評論著、辱罵著、辯護著。叔叔擁有特權，終身享受他所贏來的榮譽，甚至接受了來自於巴納姆先生的提議，到美國去「展覽」了。

可是，有一種絮絮不休的煩惱，我要說這簡直是一種混合著榮耀的痛苦。旅行中發生的一件事——羅盤的行爲——仍然是個謎，對一位科學家來講，一種無法解釋的現象眞是一件頭痛事。幸運的是，上帝有意保佑叔叔十分快樂。

有一天，當我在叔叔的工作室裡整理一大堆礦物時，不經意又注意到了那隻赫赫有名的羅盤，並看了看它。

它已在角落裡待了六個月，不會猜想到它所引起的麻煩。

忽然，我發出了驚異的叫聲，教授衝進了房間。

「怎麼了？」他問。

「羅盤！」

「哦？」

「哦，指北針指著的是南而不是北！」

「你說什麼？」

「看，兩極顛倒了。」

「顛倒了！」

叔叔看了又看，將這隻羅盤和別的比較了一下，跟著發出了猛烈的笑聲，足以震撼整座房子。他和我的腦子裡同時來了靈感。

「所以，」一俟他又能說話了，他就嚷道，「自從我們到達薩克努尙海角時，這隻討厭的羅盤的指針就指著南而不是北？」

「這是顯然的。」

「那就說明了我們的錯誤。可是，是什麼現象導致兩極顛倒呢？」

「很簡單。」

「那你解釋一下，孩子。」

「在〈李登布洛克海〉的海上暴風雨期間，那隻火球磁化了木筏上所有的鐵器，同時也使我們羅盤的兩極顛倒了！」

「啊！」教授說著，爆發出一聲笑聲，「所以，那是電對我們玩弄的惡作劇！」

從那天起，我的叔叔就成了最快大的科學家。我也成了最快樂的人，因爲我那漂亮的維爾蘭女孩，放棄了她被監護的身份，以侄女和妻子的雙重身份，搬進了科尼斯大街的房子。我還得補充說明一下她的叔叔就是名聲顯赫的奧托・李登布洛克教授——世界上所有科學、地理學和礦物學協會的通訊會員。

——終——

國家圖書館出版品預行編目資料

地心冒險記／儒勒．凡爾納／著，初版
-- 新北市：新 Book House，2016.12
面；　公分
譯自：Journey to the center of the earth
ISBN 978-986-93794-5-8（平裝）

976.57　　105022985

地心冒險記

儒勒．凡爾納〔著〕

〔出版者〕新 BOOK HOUSE
電話：(02) 8666-5711
傳真：(02) 8666-5833
E-mail：service@xcsbook.com.tw

〔總經銷〕聯合發行股份有限公司
新北市新店區寶橋路 235 巷 6 弄 6 號 2 樓
電話：(02) 2917-8022
傳真：(02) 2915-6275

印前作業　菩薩蠻數位文化有限公司

初版一刷　2017 年 2 月